Audrey Harings

Sharj

und das

Wasser des Lebens

www.audreyharings.com

vierte Auflage

Umschlaggestaltung, Illustrationen: Rico Kohlstedt

Bibliografische Information der Deutschen Nationalbibliothek: Die Deutsche Nationalbibliothek verzeichnet diese Publikation in der Deutschen Nationalbibliografie; detaillierte bibliografische Daten sind im Internet über dnb.dnb.de abrufbar.

Herstellung und Verlag: AH Tales and Stories S.L.

ISBN 9788494667374

Ich widme dieses Buch meinen beiden wundervollen Töchtern

Ana und Naiara

Ihr seid meine Musen,
meine tiefste Inspiration.

Charaktere

Charaktere

Inhalt

Kapitel 1

Auf der Suche nach dem Hasen

Mona, aufstehen!" Jeden Morgen dasselbe. Sharj war schon lange wach, als ihre Pflegeschwester sich noch mal umdrehte, sich schließlich mühsam aus dem Bett quälte und das lange blonde Haar aus dem Gesicht strich. Gähnend und barfuß ging Mona ins Bad und schlug die Tür laut hinter sich zu.

Sharj stand gerade auf, als ihre Pflegemutter in der Tür stand.
„Guten Morgen, Sharj, mein kleiner Engel, ich bin spät dran, kannst du heute die Schulbrote machen?"
„Aber sicher, Claudia", sagte Sharj noch etwas schläfrig, schlüpfte in die übergroßen Pantoffeln und eilte die Treppe vom Dachboden hinunter in die Küche. Während Sharj für Mona und sich je zwei Brote machte (für Mona mit Schokoladencreme und für sich selbst mit Wurst und Käse), ging Claudia ins Wohnzimmer und setzte sich gemütlich in den Sessel. Als Mona aus dem Bad kam, war

Sharj gerade mit den Broten fertig und verstaute sie in den beiden Schultaschen.
„Guten Morgen, Mona“, sagte Sharj fröhlich und Mona antwortete noch ganz müde „Hallo“. Sharj ging ins Bad und schloss die Tür ganz sachte hinter sich. Ein Blick auf ihre kleine goldene Armbanduhr sagte ihr, dass sie noch zehn Minuten Zeit hatte. Zwei kleine braune Augen schauten sie verschlafen aus dem Spiegel an. Das kurze rotbraune Haar stand in alle Richtungen. Nur noch neun Minuten, jetzt musste Sharj sich wirklich beeilen.
„Geschafft, noch schnell die Schuhe anziehen und ich bin bereit“, dachte sie, lief in den Flur, nahm die Schultasche in die Hand und wartete geduldig, dass Claudia sie beide in die Schule brächte.
Claudia war ihre Pflegemutter, sie und Otto, ihr Pflegevater, hatten Sharj ein Jahr zuvor bei sich aufgenommen – Sharjs Eltern waren bei einem Flugzeugabsturz ums Leben gekommen.
Mona kam aus ihrem Zimmer und sah kritisch in den großen Spiegel im Flur. An-

scheinend mit sich zufrieden nahm sie die Schultasche und rief ungeduldig nach ihrer Mutter.

Durch das Rufen erwachte Claudia aus ihrem Kurzschlaf und eilte in den Flur, schnappte sich den Autoschlüssel von der Kommode und lief voraus zum Auto.
Die beiden Mädchen liefen hinterher und wie jeden Morgen setzten sie sich auf die Rückbank. Claudia legte den ersten Gang ein und fuhr los. Es versprach ein sonniger Tag zu werden. Der Himmel war ohne Wolken. Die Sonne umhüllte die Bäume der Allee mit ihrem Schein, sodass es aussah, als wären die Bäume aus purem Gold. Sharj genoss die Fahrt zur Schule immer wieder. Sie liebte diese Allee mit den goldenen Bäumen und sie konnte nicht aufhören, aus dem Fenster zu schauen.
Claudia beobachtete die beiden Mädchen im Rückspiegel. Jedes Mal war sie mit Stolz erfüllt, wenn sie ihre schöne Tochter sah und die Ähnlichkeit mit sich selbst im Alter von elf Jahren. Mona saß kerzengerade auf dem

Rücksitz und betrachtete sich in ihrem kleinen Handspiegel.
„Wie eitel sie doch ist", dachte Claudia, „Sharj ist das genaue Gegenteil. Obwohl die beiden gleichaltrig sind und in dieselbe Klasse gehen, haben sie doch wenig gemeinsam."

Ein Hase, der gerade über die Straße lief, ließ Claudia aufschrecken. Sie bremste und verlor für einen Augenblick die Kontrolle über ihren neuen Ford Galaxy. Das Auto brach nach rechts aus, doch Claudia brachte es wieder unter Kontrolle und führte den Wagen sicher auf der Straße weiter.
„Kinder, geht es euch gut?"
„Ja", kam es wie aus einem Mund. Doch Sharj fügte an: „Wo ist der Hase, ich habe ihn nicht mehr gesehen! Lass uns zurückfahren und nachsehen, vielleicht ist er verletzt und braucht Hilfe."
„Ach Sharj, der Hase ist bestimmt über alle Berge, außerdem sind wir spät dran." Damit war der Vorfall für Claudia erledigt. Doch wie sich später herausstellen sollte, noch lange nicht für Sharj.

Fünf Minuten später kamen sie an der Schule an. Die Schule war ein imposantes, breites, fast quadratisches rotes Backsteingebäude mit drei flacheren Nebengebäuden. In einem der Nebengebäude hatten die Mädchen jetzt Biologie. Als sie ausstiegen, ertönte auch schon die Glocke, sie hauchten Claudia einen Luftkuss zu, winkten noch schnell und liefen ins Nebengebäude. Im Schulflur trennten sich die beiden. Mona ging zu ihren Freundinnen und erzählte ganz aufgeregt, dass sie fast einen Unfall gehabt und nur mit Glück überlebt hätten.

Sharj hatte keine Freundinnen in der Klasse, sie hatte einen Freund, José; er kam aus Spanien und ging wie sie seit letztem Jahr auf diese Schule. Da er anfangs schlecht Deutsch sprach, mochten ihn die anderen Kinder nicht. Sharj war da anders, sie hatte gleich erkannt, dass José wirklich nett war. Außerdem waren beide neu in der Klasse und galten als Außenseiter. Das schweißte natürlich zusammen.

Sharj entdeckte José und beide liefen in die Klasse, auch Mona und ihre Freundinnen traten ein. Die Lehrerin, Frau Miller, saß am Pult und begrüßte sie mürrisch.
„Seid ihr alle taub? Die Glocke hat schon vor zwei Minuten geklingelt. Jetzt aber hopp, hopp, hopp auf eure Plätze! – Wie bereits in der letzten Stunde angekündigt, beginnen wir heute mit unseren Projekttagen. Eure Aufgabe wird es sein, Wasserproben aus verschiedenen Stellen des Sees zu entnehmen, die wir dann später genau analysieren werden. Ihr werdet in Zweiergruppen gehen, bitte holt euch hier vorne pro Gruppe ein Reagenzglas und den Zettel mit dem genauen Standort ab, damit nicht zwei Gruppen an derselben Stelle Wasser entnehmen."
Und schon brach in der Klasse Tumult aus, wer mit wem gehen würde. Sharj und José waren sich einig, dass sie ein Team bilden wollten, und holten sich am Pult das Reagenzglas und einen Zettel. Auf dem war der See eingezeichnet, und der Einsatzort der beiden war mit einem X hervorgehoben. Frau Miller machte sich eine Notiz, wohin

die beiden gehen würden, und bat sie, an ihrem Platz zu warten, bis alle anderen auch so weit wären.
Sharj und José schauten sich in der Zwischenzeit die Karte schon mal genauer an.
„Das ist ganz schön weit“, meinte José.
„Ja, stimmt, schau mal, die Schule liegt südlich vom See, unser Kreuz ist an der nördlichsten Stelle des Sees. Genau dazwischen ist der Birkenwald, ich glaube, das ist eine kleine Abkürzung.“
Während die beiden noch über der Karte saßen, erklärte Frau Miller die Projekttage für eröffnet und bat jeden Schüler, direkt nach der Wasserentnahme wieder in die Schule zu kommen, damit mit der Auswertung begonnen werden konnte.
Sharj und José zogen sich ihre Jacken an, die über dem Stuhl hingen. Sharj steckte die Karte und das Reagenzglas in ihre rechte Anoraktasche und beide liefen aus dem Klassenzimmer. Als sie das Schulgelände verließen, konnte Sharj es kaum erwarten, José endlich von dem Beinahe-Unfall mit dem Hasen zu erzählen.

„Und du meinst wirklich, dass der Hase noch am Leben ist?"
„Das weiß ich natürlich nicht", erwiderte Sharj, „aber ich wünsche mir, dass er noch lebt." Sie zog die Karte aus der Anoraktasche. „Schau mal, unser Kreuz ist gar nicht weit weg von der Birkenallee, wo ich den Hasen gesehen habe, bestimmt ist er ganz in der Nähe!"
Josés Augen weiteten sich, das taten sie immer, wenn er etwas unglaublich fand, er sah dann aus wie ein Frosch, der ein giftiges Insekt verschluckt hatte.
„Sharj, du hast doch gehört, wir sollen nach der Wasserprobe direkt wieder in die Schule kommen!"
„Klar, tun wir auch, wir nehmen die Abkürzung zum See und gewinnen somit genug Zeit zum Suchen. Jetzt trödle nicht so rum, komm einfach hinter mir her."
José lief hinter Sharj her. Sie durchquerten den Wald, José fürchtete sich ein wenig, die dunklen Bäume jagten ihm Angst ein. „Sharj, kennst du wirklich den Weg?"
„Aber klar, ich bin die Abkürzung schon oft

gegangen. Als meine Eltern noch lebten, gingen wir oft zum Baden an diesen See, und wenn mir langweilig war, habe ich den Wald erkundet.“ Sharjs Augen wurden feucht, in einem Augenwinkel schimmerte eine Träne.
„Du vermisst deine Eltern sehr …“
„Ja, sie waren einmalig. Ich weiß ganz bestimmt, dass sie mich immer begleiten, ich spüre ihre Nähe. Wenn ich traurig bin, spreche ich mit ihnen, und sie spenden mir Trost.“
José erwiderte nichts, es stimmte ihn traurig, wenn seine Freundin melancholisch war. So gerne würde er sie trösten, aber wie konnte er das bei einem so schweren Verlust – und dann diese schreckliche Familie, in der sie lebte! José hatte Sharj schon oft vor ihnen warnen wollen, doch nie wollte sie etwas davon wissen und sagte, es ginge ihr gut und sie hätte großes Glück, dass die Meyers sie aufgenommen hätten.
Die Meyers … José mochte sie nicht besonders, er war überzeugt, dass sie Sharj nur wegen des vielen Geldes aufgenommen hatten. Seine Freundin war nämlich vermögend,

die Eltern hatten ihr sehr viel Geld hinterlassen. Bis zu ihrem 18. Geburtstag wurde das Geld von einem gerichtlich eingesetzten Testamentsvollstrecker verwaltet. Doch wenn Sharj etwas brauchte, dann bekam sie es von ihm.

Nun brauchte Sharj nie etwas, und so kümmerten sich die Meyers darum, ausreichend Geld zu bekommen. José ließen diese Gedanken immer einen kalten Schauer über den Rücken laufen, aber er war sich sicher, dass die Meyers eines Tages ihre gerechte Strafe erhalten würden.

„José, schau, wir sind da!“ Erfreut, nicht mehr über die Meyers nachdenken zu müssen, jubelte José: „Na prima, dann lass uns mal die Probe nehmen.“

Sharj holte das Reagenzglas aus ihrer Tasche und lief zum Seeufer. Als sie das Glas in den See eintauchen wollte, sah sie für einen Moment ihr eigenes Spiegelbild und es lächelte ihr zu. Doch Sharj hatte gar nicht gelächelt; etwas verwirrt tauchte sie das Reagenzglas ein, verkorkte es dann und steckte es zurück in ihren Anorak.

„So, und jetzt suchen wir den Hasen, lass uns in diese Richtung gehen.“ Sie liefen direkt ins Dickicht, „hier hat er sich bestimmt versteckt.“

„Ich hoffe, du hast recht“, erwiderte José. Sie suchten unter jedem Strauch und an jedem Baum und liefen dabei immer tiefer in den Wald. Sie bewegten sich ganz leise, um den Hasen nicht zu erschrecken. Der Wald wurde immer dichter und die Sonne ließ ihre Schatten immer länger werden.

José fürchtete sich. „Du weißt doch, wo wir sind?“ Das Echo seiner Stimme scholl durch den Wald.

„Was ist das, um Himmels willen?“

„Nur ein Echo“, lachte Sharj.

„Du brauchst nicht so zu grinsen, mir ist das Ganze unheimlich“, jammerte José.

„Hast du das gehört? Es klang wie ein Keuchen!“, sagte Sharj, und sie beugte sich über eine Grube.

„Das ist bestimmt eine Falle, in der die Jäger die Tiere fangen“, sagte José.

„Schscht, ruhig, das Geräusch kommt aus der Grube, ich werde reinspringen und

nachsehen."
„Sei aber bitte vorsichtig!"
„José, das ist doch nicht tief, höchstens einen Meter" – und mit einem Satz sprang Sharj nach unten. Durch das Licht, das von oben einfiel, konnte Sharj ein wenig sehen. Am Rand der Grube bewegte sich etwas, Sharj ging darauf zu, das Keuchen wurde stärker, sie bückte sich und berührte ein zitterndes braunes Fell, das voller Blut war.
„José, komm runter, ich habe den Hasen gefunden, er ist verletzt und braucht Hilfe!"
Vorsichtig kletterte José in die Grube, um nicht aus Versehen auf den Hasen zu treten.
„Schau, hier ist er."
„Warte", sagte José, „ich habe eine Taschenlampe." Im Schein der Taschenlampe sahen die beiden, wie verletzt der Hase wirklich war. An seinem Kopf hatte er eine Wunde, aus der Blut über das braune Fell lief. Sharj sprach beruhigend auf den Hasen ein und streichelte ihn. José riss einen Stofffetzen von seiner Hose ab und band diesen dem Hasen über die offene Wunde. „Das stoppt die Blutung."

„José, meinst du, dass wir ihn retten können?“

„Ja, ich denke schon, aber wir müssen ihn hier herausbringen. Ich klettere hoch und du reichst ihn mir nach oben.“ José kletterte hinauf. „Jetzt reiche ihn mir, aber sei vorsichtig, er könnte innere Verletzungen haben.“

Als Sharj José den Hasen nach oben reichte, liefen ihr die Tränen über die Wangen. „Wer weiß, welche Schmerzen der arme kleine Kerl hat“, jammerte sie.

„Komm, Sharj, wir bringen ihn zum See und waschen die Wunde aus.“ Die beiden liefen so schnell ihre Füße sie trugen. Im Nu waren sie am Seeufer angelangt. Ganz vorsichtig und sachte legte José den Hasen am Uferrand ab. Er löste den Verband, spülte ihn im See und wusch dem Hasen die Wunde am Kopf aus. Sharj redete weiterhin beruhigend auf den Hasen ein und wusch mit ihrem Taschentuch das Fell des Hasen. Das anfängliche Zittern des kleinen braunen Kerlchens ließ nach und auch die Blutung schien aufzuhören. Langsam drehte der Hase seinen Kopf und schaute José und Sharj direkt in

die Augen.
Sharj jubelte. „José, wir haben es geschafft! Schau mal, die Wunde schließt sich wieder und seine Augen sind ganz klar.“
Der Hase kräuselte die Nase, als ob er Witterung aufgenommen hätte. Er stupste ganz leicht mit seiner Nase gegen die von Sharj und dann auch gegen die von José. „Das ist ganz sicher der schönste Tag in meinem Leben“, sagte Sharj.
„Meiner auch.“ Doch das war nicht die Stimme von José – es schien, als ob der Hase sprach.

Kapitel 2

Ein teuflischer Plan

Als Claudia den Wagen in die Garage fuhr, wurde ihr Ehemann Otto vom Geräusch des Garagentores wach.

„Otto, schläfst du noch?“, rief Claudia, als sie ins Haus trat.

„Ist ja schon gut, ich komme gleich.“ Während Otto sich wie jeden Morgen schwerfällig aus dem Bett quälte, bereitete Claudia in der Küche das Frühstück vor. Heute wollte sie Otto überraschen, auf dem Nachhauseweg hatte sie in einer Kaffeeösterei echten kolumbianischen Kaffee gekauft. Otto liebte Kaffee nämlich, und heute bekäme er ganz besonderen.

Verschlafen und riechend wie ein Stinktier betrat er die Küche. Auch sonst machte Otto keine gute Figur, er war nicht nur dick, sondern fett, sein penetranter Schweißgeruch übertünchte mittlerweile den guten Duft des Kaffees, seine hässlichen Krötenaugen waren verquollen und mit neuem und altem Schlafsand verklebt, sie schienen förmlich aus dem Kopf zu fallen. Das Gesicht war unten noch dicker als oben, sodass es die Form einer übergroßen Birne hatte. Die wenigen Haare bildeten einen halbrunden Kreis um den mit Warzen besetzten Kopf, und das Fett aus den Haaren klebte an Hals und Ohren.

„Guten Morgen, meine Schönheit", begrüßte Otto seine Ehefrau, und seine gelben faulen Zähne wurden für einen kurzen Augenblick entblößt.

„Setz dich, es ist schon alles fertig."

Ottos dicke Wurstfinger griffen nach einem Toast.

„Weißt du, mein Schatz", sagte Otto, „die Göre geht mir langsam auf den Keks, sie ist ein Eindringling, eine Made, die sich ins Nest gesetzt hat. Außerdem ist sie kein guter Umgang für unsere Mona."

„Liebling, aber schau, das viele Geld! Seit sie bei uns lebt, müssen wir nicht mehr arbeiten, wir haben sogar ein neues Auto bekommen."

„Ja, das stimmt", antwortete Otto schmatzend, „aber der Testamentsverwalter ist kein Trottel, die Papiere des Wagens laufen auf

Sharj und in sieben Jahren ist die Göre 18, dann wird alles ihr gehören und wir müssen womöglich wieder arbeiten gehen."

„Das wäre wirklich schrecklich, ich möchte nie mehr arbeiten müssen", stöhnte Claudia und betrachtete ihre perfekt manikürten Fingernägel.

„Gib mir mal den Kaffee rüber", sagte Otto, und Claudia reichte ihm eine Tasse des herrlich duftenden Getränks. Otto biss von seinem Toast ab und schlürfte den Kaffee direkt hinterher. Gespannt wartete Claudia auf eine Reaktion, wie ihm der Kaffee schmeckte. Doch kaum hatte Otto einen Schluck genommen, spuckte er ihn samt halb gekautem Toast wieder aus. Beides landete auf der Küchentapete.

Die vielen Flecken dort deuteten darauf hin, dass dies nicht das erste Essen war, welches auf der Tapete landete.

„Willst du mich vergiften!", schrie er. „Was ist das für ein Gesöff?"

„Echter kolumbianischer Kaffee, eine Spezialität."

„Na, darauf kann ich verzichten! Es bringt

mich aber auf eine Idee. Claudia, mein Schatz, die Frage ist doch die: Wie werden wir die Göre los und behalten das ganze Geld."

„Ja, das wäre ideal, wir wären sie los und obendrein noch reich, aber wie willst du das erreichen?", entgegnete Claudia.

Otto kräuselte seinen Mund und antwortete süffisant: „Wir werden sie vergiften."

„Und erben wir dann alles?"

„Nein, ganz so einfach ist es nicht, man muss hier mit List und Tücke vorgehen."

Claudia war ganz gespannt. „Nun sag schon, wie sieht dein Plan aus?"

„Also, zunächst einmal müssen wir von hier fortziehen, weit genug weg, wo niemand uns kennt. Sharj werden wir täglich etwas Gift verabreichen, damit sie sich schwach fühlt, während unsere Mona die Haare braun gefärbt bekommt und als Sharj an die neue Schule geht. Wir erzählen überall, dass unsere Tochter Mona sehr krank ist. Und wenn Sharj dann endlich an dem Gift stirbt, denkt jeder, sie war unsere Tochter. Sobald Mona 18 wird, bekommt sie das Vermögen von

Sharjs Eltern zugesprochen und wir sind endlich reich."

„Hm, das ist genial, aber glaubst du, das merkt wirklich niemand?"

„Wer soll das denn merken?", meinte Otto, „nicht einmal der Testamentsvollstrecker kennt Sharj persönlich. Außerdem hat sie so gut wie keine Freunde, und wenn wir wegziehen, wird niemand mehr nach ihr fragen."

„Oh Liebling, du bist einfach der Beste!" Claudia setzte sich auf seinen Schoß und schlang ihre schlanken Arme um ihn. „Wann soll der Plan beginnen?"

„Gut Ding will Weile haben", sagte Otto, „zuerst müssen die beiden das Schuljahr beenden, aber ich werde keine Zeit verlieren und mich schon einmal nach einem geeigneten neuen Heim für uns alle umsehen." Glücklich und schnurrend wie ein Kätzchen machte sich Claudia daran, einen neuen Kaffee für ihren Mann zu kochen.

Kapitel 3

Unfreiwillig durch den Wald

„Mona, wir müssen in die andere Richtung!"
„Bist du sicher, Tina?", entgegnete Mona und drehte die Karte in ihrer Hand andersherum.
„Ja, absolut sicher, der See liegt im Wald und nicht an der Hauptstraße, also komm jetzt."
„Im Wald?"
„Ja, was dachtest du denn, warst du etwa noch nie am See?", fragte Tina ihre beste Freundin staunend.
„Nein, warum sollte ich je dort gewesen sein. Außerdem werde ich nicht in den Wald gehen."
„Du brauchst keine Angst zu haben, ich bin ja dabei, und jetzt komm!"
Mona trottete hinter Tina her, doch kurz bevor die beiden den Wald betraten, jammerte Mona: „Meine Schuhe, ich werde sie vollkommen ruinieren!"
Tinas Blick fiel auf Monas rosa Pumps und sie begann zu kichern. „Mona, du bist unverbesserlich, dann zieh die Schuhe halt aus."

„Du meinst, ich soll barfuß gehen, wo überall irgendwelche Tiere auf dem Boden kriechen? Nein, ich behalte die Schuhe an."
„Gut", sagte Tina, „aber lass uns endlich gehen." Die beiden Mädchen gingen in den Wald. Tina voraus mit der Karte in der Hand und Mona etwas unwillig hinterher. Tina und Mona kannten sich schon vom Kindergarten her. Tina hatte, genau wie Mona, langes blondes Haar, sie war sehr groß und überaus sportlich.

Durch das ständige Nörgeln von Mona kamen sie nur langsam vorwärts, ständig blieb Mona stehen, um ihre Schuhe mit einem Tuch abzuwischen. Es kam Mona vor, als wären Stunden vergangen, als sie endlich das Seeufer erreichten. Mona reichte Tina das Röhrchen für die Wasserprobe, denn sie selbst würde ihre Hand niemals in das Wasser des Sees tauchen.

Als Tina sich bückte, um das Röhrchen zu füllen, sah Mona am gegenüberliegenden Flussufer Sharj mit ihrem Freund José. Aber da war noch etwas, das Mona auf die Entfernung schlecht sehen konnte. Mona machte sich nicht die Mühe, zu erkennen, was die beiden da hatten. Sie war froh, als Tina vom Ufer zurückkam.

Kapitel 4

Die Reise ins Königreich

Mit offenen Mund schauten José und Sharj den Hasen an.

„José“, sagte Sharj, „hast du das gehört?“

„Ja“, antworte José, „es klang, als ob der Hase mit uns gesprochen hätte.“ Der Hase war offensichtlich wieder munter und putzte sich mit den Vorderpfoten seinen langen Ohren. Er wiederholte diese Prozedur einige Male, bis er die beiden Kinder direkt ansah.

„Natürlich kann ich sprechen, dort, wo ich herkomme, können alle Tiere sprechen. Ich habe euch überall gesucht.“

Sharj gewann als Erste ihre Fassung wieder.

„Du hast uns gesucht?“

„Ja“, antwortete der Hase. „Mir wurde aufgetragen, zwei Menschenkinder mit reinem Herzen zu finden – und das müsst ihr beide sein.“

„Aber warum hast du uns gesucht?“, fragte José.

„Das ist eine lange Geschichte. Dort wo ich lebe, haben wir einen König, König Sloma, er ist sehr weise und gütig. Leider hat er keine

Erben und wenn er stirbt, wird König Maloc sich des Throns bemächtigen. König Maloc ist sehr böse; wenn er an der Macht ist, werden wir alle sterben. Es würde das Ende unserer ganzen Welt bedeuten, und um das zu verhindern, bin ich hergekommen."

„Aber warum soll euer König denn sterben?", fragte Sharj den Hasen.

„Er ist sehr krank, und ihr beide müsst das Wasser des Lebens finden. Nur dieses Wasser kann den König retten."

„Aber wie können wir das finden?", fragte José.

„Das wird nicht einfach werden. Ihr müsst in meine Welt, dort wird man euch den Weg weisen."

„Lieber Hase", antwortete Sharj, „wir helfen euch ja gern, aber wie sollen wir in deine Welt kommen?"

„Genau, wie machen wir das?", fragte auch José.

„Zunächst müsst ihr uns von ganzem Herzen helfen wollen."

„Ja, das wollen wir!", riefen beiden wie aus einem Munde.

„Gut, denn es ist wichtig, dass ihr freiwillig geht. Seid ihr bereit, Kinder?“
Die beiden Kinder nickten.
„Schließt eure Augen, ich werde die Zauberformel sprechen und dann werdet ihr in meiner Welt sein. Wartet dort bitte auf Pitty den Raben, er wird euch den Weg weisen.“
Und während die beiden die Augen fest geschlossen hielten, murmelte der Hase seine Zauberformel, welche die beiden in seine Welt brachte. Sharj und José spürten einen Luftstrom, der sie umgab und der immer stärker wurde. Sie spürten, wie sie fielen, doch sie hatten keine Angst. Sie fassten sich bei den Händen und ließen sich von dem Luftzug immer weiter nach unten ziehen in die Welt des Hasen und des König Sloma.

Kapitel 5

Der Zauberwald

Mit einem geräuschvollen Plumps landeten die beiden auf einer Wiese. Etwas benommen sahen sie sich um, sie trauten ihren Augen nicht. Dies war keine normale Wiese! Sie war grün wie jede andere auch, aber das Gras war kein Gras, es waren kleine weiche grüne Büschel, so weich wie Watte. Aus den Büscheln wuchsen Halme, die mit vierblättrigen Kleeblättern besetzt waren.
Sharj schaute gen Himmel, es gab zwei Sonnen, und eine der beiden winkte ihnen zu. Sharj wandte sich zu José und sagte: „So etwas habe ich noch nie ...“ Mitten im Satz stockte ihr der Atem.
„José“, rief sie, „du bist ein Drache!“
José starrte genauso entsetzt auf Sharj und sagte „Ja – und d-u-u, du bist, ich weiß nicht, was du bist, irgendwie ganz klein!“ Beide schauten an sich herab. José sah zuerst seine übergroßen Vorderpfoten, sie sahen aus wie die eines Frosches, nur viel größer. Er bemerkte, dass sich irgendetwas auf seinem Kopf befand.

„Sharj, was ist auf meinem Kopf?“
„Zwei lange grüne Schlappohren und auch noch zwei Hörner! Übrigens hast du zwei riesengroße Flügel.“
„Du hast auch Flügel, ganz zarte, rosa schimmernde Flügel. Und außerdem“, fügte er hinzu, „hast du riesengroße spitze Ohren.“ Sharj sah an sich herab, ihre Füße waren überdimensional groß und sehr schlank, ebenso ihre Hände. Noch bevor sie überlegen konnte, in was sie verwandelt worden war, tauchte ein schreiender Vogel über ihnen auf.
„Na, das hat ja gedauert“, sagte der Vogel und ließ sich neben den beiden nieder. „Ich bin Pitty.“
„Und ich bin Sharj. Das ist mein Freund José.“
„Ich weiß, wer ihr seid“, erwiderte Pitty.
„Was ist mit uns geschehen?“, wollte José wissen.
„Das, lieber José, liegt auf der Hand. Wir kennen hier im Mispeltal keine Menschen, und damit ihr möglichst wenig auffallt, hat der Hase beschlossen, euch als Elfe und

Drache herzuschicken."
„Elfe!", rief Sharj, „ich bin eine Elfe?"
„Ja sicher", antwortete Pitty, „was dachtest du denn? Wir Tiere leben gemeinsam mit den Elfen im Mispeltal. Wir leben friedlich miteinander, doch haben wir große Sorgen. Seit unser König so krank ist, versucht König Maloc aus dem Dornental an die Macht zu kommen. Das Dornental grenzt direkt an das Mispeltal. König Sloma verstand es immer, diplomatische Beziehungen zu den Stumps zu unterhalten. Aber jetzt haben sie an der Grenze zu unserem Tal schon einen unserer Drachen getötet und es sieht nicht so aus, als ob sie damit aufhören wollten."
„Einen Drachen getötet? Das klingt ja nicht beruhigend", sagte José bekümmert.
„Wie sehen diese Stumps denn aus?", wollte Sharj wissen.
„Nun, sie sind ziemlich groß, bestimmt größer als einen Meter. Ihre Körper sind mit dunklen Haaren bedeckt und die meisten tragen Bärte. Ihr könnt sie leicht erkennen. Sie haben über der Nase nur ein einziges Auge. Aber jetzt genug der langen Rede. Ihr

sollt unseren König retten und das Wasser des Lebens finden. Sucht zuerst nach dem Orakel. Es kann euch helfen, an der richtigen Stelle zu suchen. Das Orakel lebt im Zauberwald, keiner von uns hat es je gesehen und wir wissen nicht, wo es lebt. Wir kennen es nur aus den alten Erzählungen unser Ur-Urgroßväter. Findet das Orakel und das Wasser des Lebens! Ich übergebe euch beiden eine Kette. Seht hier. Daran hängt ein schwarzer Stein. Sobald ihr das Wasser habt, sprecht folgende Worte: ‚tnemo aqua vitalia', und der Stein wird sich rot färben. Der Stein wird euch den geheimen Weg zu dem Schloss weisen. Merkt euch diese Worte. Verratet sie niemandem, denn nur wenn der Weg ins Schloss geheim bleibt, können wir unseren König vor dem Schlimmsten bewahren. Geht jetzt in den Zauberwald, und nehmt euch vor allen Versuchungen in Acht."

Mit einem lauten Flügelschlag erhob sich der Rabe und flog davon. Sharj und José nahmen die Ketten vom Boden und hängten sie sich um den Hals. Sie nickten sich stumm zu und gingen in Richtung des Zauberwalds. Der Zauberwald wirkte wie eine schwarze Mauer mitten in dieser wunderschönen weichen Wiese. Grauer Dunst stieg aus dem Wald, und je näher sie kamen, umso kälter wurde es. Doch die beiden hatten sich etwas vorgenommen und gingen erhobenen Hauptes in den dunklen Zauberwald hinein. Kaum waren sie eingetreten, verschwand die grüne Wiese hinter ihnen. Zurückblieb nur ein schwarzes, Feuer speiendes Loch. Im Inneren war der Wald noch viel unheimlicher, als er von Weitem gewirkt hatte.

José kam es vor, als würden hinter jedem Baum ein paar Augen leuchten. „Wie sollen wir hier das Orakel finden?", fragte er Sharj. „Vielleicht sehe ich etwas von oben, schließlich habe ich, wie auch du, Flügel." Schwungvoll hob Sharj in die Lüfte ab, aber auch von oben sah sie nur eine graue Nebelschicht, die ihr den Blick nach unten verwehrte. „Nichts zu sehen außer Nebel", sagte sie zu José, als sie neben ihm landete. „Lass uns einfach weitergehen, vielleicht finden wir einen Hinweis."

Sharj ging voran und José folgte ihr schwerfällig.
„Sharj, komm, lass uns etwas ausruhen", sagte er und lehnte sich an einen Baum. „Ich bin so müde, es ist so anstrengend, diesen riesigen Körper zu bewegen."
„José, wir haben eine Aufgabe zu erfüllen, lass uns weitergehen!"
„Ja, gleich, mmhh mmh", und schon fielen dem großen Drachen die Augen zu. Sharj vernahm ein gleichmäßiges Schnarchen, und durch die großen Nasenlöcher des Drachen kam bei jedem Atemzug etwas Ruß. Als Sharj ihren Freund beobachtete, musste sie plötzlich laut lachen, der Ruß erinnert sie an einen alten Ofen.
„Nicht so laut, ich möchte schlafen!", sagte eine sonore, dunkle Stimme.
„Hallo!", sagte Sharj.
„Ruhe!", zischte die Stimme jetzt bestimmter. Sie kam von oben, Sharj flog also hinauf, ließ sich auf einem Ast nieder und rief noch

einmal: „Hallo!“ Plötzlich wurde ihr schwindelig. Es schien, als ob sich der Baum bewegen würde. Doch konnte das sein?

Während Sharj gerade wieder nach unten fliegen wollte, wurde sie von dem kräftigen Ast des Baums wie von einer riesengroßen, knochigen Hand gepackt und schon schaute sie in zwei dunkelbraune, müde Augen, die sich direkt vor ihr in dem Baumstamm befanden.

„Du lebst?“, fragte Sharj ganz erstaunt.

„Ja sicher, mein Kind, was denkst du denn!“

„Ich, ich ...“ stammelte Sharj, „ja natürlich lebst du, ich wusste nicht, dass du auch sprichst.“

„Aber mein Kind, wie lange warst du schon nicht mehr im Wald? Als Waldelfe ist das sehr verwunderlich.“

Sharj war unwohl zumute. „Bitte, lieber Baum, lass mich los, ich werde dich auch nicht mehr stören, aber du könntest mir verraten, wo das Orakel ist.“

„Das Orakel? Ich habe davon gehört. Nur derjenige wird es finden, der in einer Vollmondnacht selbstlos handelt. Das ist alles,

was ich darüber weiß.“
„Wann ist der nächste Vollmond?“, fragte Sharj, die sich zwischenzeitlich auf dem Ast niedergelassen hatte und dem Baum aus sicherer Nähe direkt in die Augen schaute.
„Mein Kind, Vollmond gibt es nur alle hundert Jahre, aber ich habe so lange geschlafen, ich weiß es nicht.“ Und wieder fing der Baum an zu beben, er schrie: „Hilfe, was ist das? Ich brenne, ich brenne!“
Sharj flog nach unten und sah, wie sich ihr Freund reckte und wie ihm dabei dicke Feuerschwaden aus den Nasenlöchern schlugen.
„José, du brennst den Baum an!“, rief Sharj, als sie direkt auf ihn zuflog.
„Ich weiß nicht, wie ich das anhalten kann!“, jammerte José. Um nicht noch mehr Schaden anzurichten, drehte er sich weg vom Baum. José spürte, wie sich der Erdboden bewegte, und er schrie: „Nur weg von hier!“
Er rannte. Sharj folgte ihm fliegend. Alle Bäume im Wald schienen lebendig zu sein und peitschten José mit voller Wucht ihre Äste gegen die Augen. Voller Furcht erhob auch José sich in die Lüfte, um den Ästen

auszuweichen.
„Das war ganz schön knapp, José. Warum hast du das getan?"
„Es war keine Absicht! Ich bin selbst von dem Feuer aufgewacht, ich weiß doch auch nicht, wie so ein Drache funktioniert."

Als der Wald sich wieder beruhigt hatte, landeten die beiden auf einem kleinen Hügel. Der Wald lag hinter ihnen und vor ihnen gab es viele Seen, die von saftigen grünen Wiesen umgeben waren. Aus der Ferne konnte Sharj sogar einen Wasserfall erkennen.
„José", sagte sie, „ich denke, wir müssen zurück, das da vorne gehört sicher nicht mehr zum Zauberwald. Und das Orakel soll im Zauberwald sein."
„Ach Sharj", antwortet José müde, „noch heute Morgen ging ich guten Mutes in die Schule und jetzt bin ich einer fremden Welt und habe die Gestalt eines Drachens! Vielleicht ist das alles nur ein Traum!"
„Ich glaube nicht, dass es ein Traum ist – oder tut das nicht weh?" Sharj zeigte mit dem Finger auf eine Wunde, die quer über

Josés Rücken verlief.
„Doch, sehr weh sogar, das ist von einem Baum, hat mich wohl ganz schön erwischt."
„Ich würde mich auch wehren, wenn jemand versucht, mich zu verbrennen!", sagte Sharj etwas schadenfroh. Während die beiden lamentierten, begann eine der beiden Sonnen unterzugehen; das Land mit dem Hügel und den Seen tauchte ins absolute Dunkel. Die andere Sonne stand halb über dem Zauberwald.
Unmutig erhoben die beiden sich und gingen zurück in den Zauberwald, damit sie ihren Auftrag erledigen konnten. Als José in den Wald trat, wurden die Bäume unruhig, der Boden bebte, doch José schaute mit gesenktem Kopf auf den Boden und sagte ganz laut: „Liebe Bäume, es tut mir sehr leid, ich wollte euch nichts tun." Da hörte der Boden auf zu beben und die Bäume wiegten sich nach rechts und links und das Rauschen ihrer Blätter formte die Worte: „Wir verzeihen dir, junger Drache, weil deine Reue ehrlich ist." José wagte gar nicht, den Kopf zu heben, und er ging gesenkten Kopfes immer

weiter mit Sharj in den Wald hinein. Leise murmelte er: „Danke."
Wie durch einen Zauber bewegten sich die Bäume. Jeder Baum drehte sich halb um die eigene Achse und plötzlich gaben sie einen Weg frei, der vorher verborgen war. Es war ein breiter Weg, an beiden Seiten gesäumt von goldenen Steinen. Durch den Schein der Sonne funkelten die Steine wie Sterne.
„Das muss der Weg zum Orakel sein, José. Wir haben es geschafft."

Überglücklich schritt Sharj voran und José, immer noch staunend, folgte ihr.

Kapitel 6

Verräterische Käfer

Während Sharj und José den Weg beschritten, hallte in einer anderen Welt ein gellender Schrei durch den Wald. Erschrocken und noch mit der Wasserprobe in der Hand schaute Tina ihre Freundin an. Mona stand stocksteif und angsterfüllt da und schaute unentwegt auf den Boden. Tina folgt ihrem Blick und sah mit Erleichterung einen großen grünen Frosch vor Monas rosa Pumps sitzen.

„Tina, nimm das Ding weg!“ Tina tat einen Schritt auf Mona zu und schon hüpfte der Frosch quakend in den See. Mona erwachte aus ihrer Starre und zitterte am ganzen Körper.

„Mein Gott, das war ja ekelig! Bitte, Tina, lass uns schnell hier weggehen!“ Tina verstaute die Wasserprobe in ihrer Hosentasche und nahm Mona an der Hand.

„Komm, lass uns zum Grillplatz gehen, da stehen Bänke und wir können uns von dem Schreck erholen.“ Etwas missmutig tappte Mona neben Tina her. Sie schaut unentwegt auf den Boden, stets auf der Hut vor neuen Überraschungen.

„Schau, da vorne ist der Grillplatz."

„Woher kennst du den eigentlich?", fragte Mona ihre Freundin.

„Na ja, im Gegensatz zu dir jogge ich ab und zu und da bin ich schon mal hier vorbeigekommen." Mit einem Papiertaschentuch rieb Tina die Oberfläche der Holzbank ab, damit Mona sich hinsetzen konnte. „Setz dich, Mona, es ist alles sauber."

Mit einem lauten Plumps ließ Mona sich auf die Bank fallen. „Schau dir meine Schuhe an! Die sind ruiniert." Und tatsächlich, das zarte Rosa der schicken Schuhe war mit einer leicht bräunlich schimmernden Schicht bedeckt. Während Mona noch verdrossen auf ihre Schuhe sah, holte Tina aus ihrer Jackentasche ein Päckchen hervor. Sie wickelte es aus und zum Vorschein kamen zwei Brote mit Schokoladencreme.

„Hier, nimm", sagte sie und reichte eines Mona. Die Mädchen saßen ganz still beisammen auf der Holzbank im Wald, als sich der nächste Schrecken für Mona einstellte.

Noch kauend und mit vollem Mund schrie sie: „Iiihhh! Hilfe!“ und stellte sich abwehrend auf die Bank. Tina, die noch nicht wusste, was bei Mona einen derartigen Schreck verursacht hatte, sprang mit einem ebensolchen Satz auf die Bank. Mit vollem Mund, wild fuchtelnd, zeigte Mona mit dem Finger auf die Erde. Erst als sie geschluckt hatte, sagte sie: „Das ist ja voll ekelig.“
Tina, die gleich erkannt hatte, um was es sich handelte, setzte sich wieder gemütlich auf die Bank.
„Mona, du kannst einem wirklich einen Schreck einjagen! Ich dachte wunders was da wäre, aber das sind doch nur ein paar Käfer.“
„Pfui, ich setze mich nicht mehr hin.“
„Jetzt stell dich nicht so an, die sind bestimmt von den Brotkrümeln angelockt worden. Außerdem sind diese kleinen Dinger total nützlich, ich kann dir da eine Geschichte erzählen.“ Mona setzte sich ebenfalls wieder hin, doch ließ sie ihre Beine angewinkelt, sodass sie den Boden nicht berührten.
„Na los, erzähl schon.“

„Ich kenne die Geschichte von meinem Vater. Du weißt doch, dass er Pathologe ist?“

„Patho... was?“, fragte Mona.

„Mein Vater ist Gerichtsmediziner an der hiesigen Universitätsklinik, er untersucht tote Menschen, wenn vermutet wird, dass es sich um Mord handelt.“

„Das wusste ich nicht, ich dachte, dein Vater ist Arzt.“

„Genau das ist er auch, aber halt für die Toten.“

Mona schaute etwas ungläubig drein, sie konnte sich nicht erklären, warum tote Menschen noch einen Arzt brauchen, traute sich aber nicht, Tina danach zu fragen.

Tina unterbrach ihre Gedanken und begann mit der Geschichte.

„Vor etwa 11 Jahren hat man eine tote junge Frau in diesem Wald gefunden, gar nicht weit weg von hier. Sie war unter einer dicken Schicht Laub verborgen, sodass man sie nicht direkt finden konnte. Erst als ein Ehepaar mit seinem Hund hier spazieren ging, war es der Hund, der auf die tote Frau stieß. Das Ehepaar hat sofort die Polizei gerufen und diese holte dann eben auch meinen Vater. Man hat vermutet, dass es sich um ein Verbrechen handelt. Die Frau war bestimmt schon zwei Wochen tot, aber durch die Feuchtigkeit im Wald und wegen der Jahreszeit (man fand sie im Oktober) noch relativ gut erhalten. Mein Vater hat die Leiche in seinem Labor untersucht, aber man hat gar nichts gefunden. Sie hatte keine Knochenbrüche, keine Prellungen, keine Schürfwunden, einfach gar nichts. Man hat nie herausfinden können, woran die Frau gestorben ist, noch hat man herausgefunden, wer sie war. Niemand hat sie gekannt und es gab auch keine Vermisstenmeldungen. Die Frau wurde ohne Namen auf dem Friedhof beigesetzt. – Bei der Bestimmung, wie lange sie schon tot war, haben aber solche kleinen Insekten geholfen. Die Insekten sind nämlich sozusagen die Hüter des Waldes. Sie räumen alles auf, indem sie sämtlichen organischen Abfall auffressen. Da sie genug Nahrung haben, kümmern sie sich auch um Nachwuchs und legen Eier ab. Diese fand man in der Leiche, und am Entwicklungsstadium der Larven konnte man feststellen, dass die Frau schon zwei Wochen tot war. Man hat die Larven, ein paar Haare, einige Hautpartikel und einen Zahn der Leiche konserviert. Mein Vater sagt, man hat damals gehofft, dass es irgendwann einmal die Möglichkeit gibt, aus solchen Dingen bestimmte Gifte nachzuweisen. Und stell dir vor: Letzten Montag bekam die Universität eine neue Maschine, die genau das tut! Und: Bingo! Als mein Vater die Larven durch diese Maschine analysieren ließ, ist er darauf gekommen: Die Frau wurde vergiftet. Es soll ein ganz seltenes Gift sein, von einer Spinne, die nur im tropischen Regenwald vorkommt. Jetzt hat die Polizei den Fall wieder auf den Tisch bekommen."

Etwas angewidert von dem Gedanken an Käfer, Larven und Leichen warf Mona den Rest ihres Schokoladencremebrotes in die Mülltonne neben der Bank.

„Weiß man denn, wie alt die Frau war?"

„Mein Vater sagt, sie sei noch jung gewesen, vielleicht Mitte zwanzig. An der Gebärmutter konnten sie sehen, dass sie schon einmal

ein Kind geboren hat."
„Das ist ja komisch", meint Mona, „das Kind muss doch seine Mutter vermissen!"
„Ja, darauf kann sich auch niemand so recht einen Reim machen. Weißt du, ich habe jedenfalls beschlossen, wenn ich mit der Schule fertig bin, werde ich Archäologin. Mithilfe meines Vaters und dieser neuen Maschine kann ich sogar feststellen, woran ein Dinosaurier gestorben ist!"
„Klingt ganz schön nach Schule, wenn du mich fragst", sagte Mona. Sie musterte ihre Freundin und plötzlich wurde ihr bewusst, wie intelligent Tina war. Das versetzte Mona einen kleinen Stich ins Herz und sie fühlte sich neben ihrer Freundin benachteiligt.
„Tina, komm, lass uns zurückgehen, sonst gibt Frau Miller noch eine Vermisstenanzeige auf." Mona hakte sich bei Tina unter und während des ganzen Rückweges wechselten sie kein Wort. Mona war so in ihre Gedanken versunken, dass sie sich einfach von Tina führen ließ und auch keine Sorge mehr um ihre Schuhe hatte. Sie überlegte, was sie eigentlich mal werden wollte. Der

Berufswunsch ihrer Freundin hatte ihr klargemacht, dass sie noch nie darüber nachgedacht hatte, was sie aus ihrem Leben machen wollte. Schmerzlich wurde ihr bewusst, dass sie kein Kind mehr war.

Alte Kontakte

Als Claudia warmes Wasser in das Spülbecken laufen ließ und den Frühstückstisch aufräumte, ging Otto, anscheinend mit sich zufrieden, ins Bad. Dorthin ging Otto höchst selten, nur wenn er etwas Besonderes vorhatte.

Heute war so ein besonderer Tag. Als Otto in den Spiegel schaute, fand er, dass er mit seinen 40 Jahren doch noch durchaus attraktiv war. Er zwinkerte seinem Spiegelbild zu und begann sich die Zähne zu putzen. Als er fertig war, trocknete er mit dem Handtuch den Waschbeckenrand ab. Auch dies tat er sonst nie, doch heute war alles anders. Otto hat sich seit einer Woche nicht mehr richtig gewaschen, und zur Feier des Tages ließ er die Badewanne mit heißem Wasser volllaufen und gab eine ganze Flasche Badeschaum in die Wanne. Wie ein kleines Kind sprang er quietschvergnügt hinein, sodass der Schaum über die Badewanne hinauslief. Während er sich mit dem Schwamm den Dreck der letzten Woche vom Leib schrubbte, überlegte er, wie er den Kontakt zu seinem alten Mittelsmann wieder aufleben lassen könnte. „Das letzte Mal“ – das war vor 11 Jahren gewesen. „Ich muss vorsichtig sein, darf keine Indizien hinterlassen, keine eigenen Telefonleitungen benutzen, mich unauffällig verhalten. Die Telefonnummer habe ich ohnehin noch im Kopf. Sobald es sich ergibt, werde ich ihn anrufen – von einem öffentlichen Telefon aus. Er muss mir das Gift beschaffen, und wenn ich dafür selbst nach Brasilien fahren muss.“

Kapitel 8

Der goldene Weg

„Sharj, bist du sicher, dass wir hier lang gehen sollen?“

„Ja, José, die Bäume haben uns geholfen, ich bin mir sicher, dass wir über diesen Weg zum Orakel kommen werden.“ Doch während sie dies aussprach, fielen ihr die Worte des Baumes wieder ein, dass man das Orakel nur in einer Vollmondnacht finde und wenn man, obendrein, noch selbstlos handele.

Sharj wusste nicht genau, was der Baum damit gemeint hatte. Ebenso wenig wusste sie, wann wieder Vollmond sein würde. Aber dies musste einfach der richtige Weg sein, dessen war sie sich sicher, alles Weitere würde sich finden.

Ihre Unsicherheit überspielte Sharj, indem sie siegessicher vorausging. José sollte nicht merken, dass auch Sharj nicht genau wusste, wie es weitergehen sollte. Während die beiden den breiten, mit goldenen Steinen gesäumten Weg entlanggingen, ging auch die noch verbliebene Sonne langsam unter.

Es wurde dunkler und dunkler, und als Sharj

noch einen letzten Blick auf die Sonne wagte, schien es ihr, die Sonne hätte ihr zugelächelt. Doch als Sharj noch darüber nachdachte, ob die Sonne ihr wirklich ein Zeichen gab, umfing die beiden absolute Dunkelheit. Richtig bewusst wurde ihr die Dunkelheit erst, als sie hinter sich ein lautes Plumpsen hörte.

„Autsch, ich bin hingefallen! Hier sieht man ja gar nichts mehr!“

„Ich sehe auch nichts mehr, lass uns ganz vorsichtig weitergehen.“

Doch es half nichts, erst lief Sharj gegen einen Baum, dann stolperte José über die goldenen Wegsteine. Während beide innehielten, sahen sie in der Ferne ein Licht. Außerdem witterte José mit seiner empfindlichen Drachennase den Geruch nach gebratenem Fleisch und schon lief ihm das Wasser im Mund zusammen.

„Sharj, lass uns zu dem Licht gehen, dort gibt es auch etwas zu essen, und ich habe wirklich großen Hunger.“

„Ja gut, lass uns dort hingehen.“ Sharj hatte keine Einwände. Sie hoffte, dort auf ein Lebewesen zu treffen, das ihnen helfen könnte, das Orakel zu finden. Vertrauensvoll gingen die beiden Seite an Seite in Richtung Licht und merkten gar nicht, dass sie den Weg mit den goldenen Steinen verließen.

Kapitel 9

Auf Abwegen

Der Weg in der Dunkelheit erschien endlos. Doch langsam wurde das Licht heller und der Geruch nach gebratenem Fleisch stärker. „Es scheint nicht mehr weit zu sein, Sharj. Der Geruch wird immer stärker."
„Ich kann kaum noch laufen", stöhnte Sharj. José tapste im Dunkeln mit seinen Vorderpfoten nach Sharj, und als er sie hatte, setzte er sie auf seinen Rücken.
„Besser so?"
„Ja, danke, viel besser!"
Während Sharj auf dem Rücken von José saß, stolperte dieser über einen großen Ast und Sharj fand gerade noch Halt an Josés Hals.
Auch José geriet ins Straucheln und konnte sich nur mit Mühe aufrecht halten, als sie aus dem Dunkeln eine laute Stimme hörten: „Kannst du nicht aufpassen? Fast hast du mich totgetreten." Der vermeintliche Ast stellte sich als eine kriechende Kreatur heraus, ähnlich einer Schlange.

„Tut mir leid“, erwiderte José, „es ist so dunkel, dass ich kaum etwas sehen konnte.“
„Dieser Weg ist nicht für Drachen, wieso bist du nicht in der Luft?“, fragte die astförmige kriechende Kreatur.
José ließ die Frage unbeantwortet, entschuldigte sich noch mal und erhob sich geräuschvoll in die Lüfte. Verdrossen überlegte er, wie er sich unauffälliger benehmen könnte. War es überhaupt eine gute Idee, einfach so draufloszulaufen? Wo kam überhaupt dieser Geruch her, der mit jedem Flügelschlag stärker wurde? Jetzt konnte er Rauch ausmachen. Unter ihm erschien eine Lichtung mit einem Haus, aus dessen Schornstein dieser für seine Nase so wohlriechende Rauch kam. Er setzte zur Landung an und Sharj hatte Mühe, sich festzuhalten. Fast ohne einen Laut gelang ihm die Landung.
Stolz rief er: „Sharj, langsam weiß ich, wie ein Drache funktioniert!“
„Da hast du mir einiges voraus, ich habe noch keine Ahnung von Elfen. Das hier scheint ein Gasthaus zu sein. Du wartest einfach hier, verstecke dich, ich werde mal

reingehen und mich umschauen."

„Sharj, bitte bringe mir etwas zu essen, ich sterbe vor Hunger!"

Kapitel 10

Begegnung mit den Stumps

Sharj ging langsam auf die Tür des Gasthauses zu. Von drinnen vernahm sie Stimmengewirr und lautes Gejohle. Sie straffte den Rücken und öffnete die Tür. Der Gastraum war in schummriges Licht getaucht. Sie konnte mehrere Elfen ausmachen. Außer den Elfen waren noch andere Gestalten dort. Aber so wie sie es überschauen konnte, waren keine Stumps hier. Der Wirt, der hinter dem Tresen stand und Gläser abtrocknete, schaute sie fragend an. In diesem Moment bestellte eine Elfe gerade ein Lilale und bekam ein Getränk in einem Holzbecher. Sharj wurde nervös, sie hatte sich keine Gedanken darüber gemacht, welche Getränke und Speisen es hier gab.

Sie bestellte erstmal dasselbe. „Ein Lilale, bitte."

Der Wirt reichte ihr das Gewünschte. Um nicht noch mehr Aufmerksamkeit zu erregen, führte sie den Becher langsam an ihre Lippen. Sie schaute sich dabei verstohlen

um. Es schien niemand von ihr Notiz zu nehmen. Das Getränk schmeckte sehr süß und ein Gefühl von Glück erfüllte Sharj. Sie fühlte sich plötzlich viel sicherer.
Entspannt ließ sie sich auf einem Barhocker nieder. Eine weitere Elfe gesellte sich zu ihr. Sie war viel dunkler als Sharj, hatte kleine karamellfarbene Augen und rosa Hände. „Raspu, bitte, was hast du heute zum Essen im Angebot?"
„Für euch Elfen habe ich frischen Vegtur und Lavamar sowie Stamtolla."
„Dann nehme ich Vegtur und noch einmal einen Becher Lilale."
Sharj bekam Mut und bestellte ebenfalls einmal Vegtur. Als es serviert wurde, versuchte Sharj zunächst zu analysieren, woraus es bestand. Es war eine undefinierbare Masse, die allerdings köstlich roch, ähnlich einem Eintopf. Sie probierte es und war von dem herrlichen Geschmack angenehm überrascht. Sie dachte an ihren hungrigen Freund und ließ unbemerkt mehr als die Hälfte des Gerichts in ihrer Kleidung verschwinden.
Von draußen klangen laute Geräusche in

den Gastraum. Alle Elfen zuckten zusammen, sie hinterließen mit einer kreisenden Handbewegung Elfenstaub auf dem Tresen und machten sich auf und davon.
Sharj tat es ihnen nach und verließ den Gastraum ebenfalls. Draußen war der Krach lauter und Sharj versteckte sich hinter einem Blumentopf. Sie konnte einige Gestalten im Halbdunkel ausmachen. Sie waren halbgroß, vielleicht einen Meter, und überall behaart. Insgesamt waren es sieben, sie redeten durcheinander. Sharj meinte das Wort „Drachen" zu verstehen. Als einer ihr das Gesicht zuwandte, stockte ihr der Atem. Er hatte nur ein Auge! Sharj fing an, vor Angst zu zittern.
Das mussten Stumps sein. Furchtsam ging sie rückwärts, ohne die Gestalten aus den Augen zu lassen. Sie musste unbedingt zu José. Leise erhob sie sich in die Luft. Auf einem Baum ließ sie sich nieder. Von hier oben hatte sie alles besser im Blick. Doch wo war José? Nirgendwo konnte sie ihren Freund ausmachen. Sie hoffte nur, dass er sich versteckt hatte, als die Stumps kamen.

Die Stumps entfernten sich schließlich und Sharj, immer noch zitternd, traute sich, nach José zu suchen.

Kapitel 11

Das Dorf Ellasium

Immer wieder rief Sharj José beim Namen, doch niemand antwortete ihr. Plötzlich tauchte neben ihr die Elfe aus dem Gastraum auf.

„Hallo, wen suchst du denn hier mitten in der Nacht? Es ist gefährlich, um diese Zeit draußen zu sein. Es empfiehlt sich daher nicht, auf sich aufmerksam zu machen. Wir müssen uns verstecken."

„Mein Freund, der Drache, ist fort. Er wollte hier auf mich warten und jetzt finde ich ihn nicht mehr ..." Ihre Worte gingen in Schluchzen unter. Die dunkle Elfe legte behutsam den Arm um Sharj.

„Dann ist es also wahr, ihr seid gekommen, um uns beizustehen! Ich werde euch helfen. Komm zuerst mit in unser Dorf. Dort werden wir die Ältesten fragen, wie wir deinen Freund finden können."

Sharj willigte dankbar ein und zusammen erhoben sich die beiden in die Lüfte. Sharj folgte der dunklen Waldelfe. Vor lauter Aufregung und Kummer hatte sie vergessen, nach deren Namen zu fragen. Nach kurzer Zeit erreichten sie das Dorf. Sharj hatte keine Muße, die Schönheit des Dorfes auf sich wirken zu lassen. Es befand sich mitten in einem Flusslauf. Auf moosbewachsenen Inseln mitten im Fluss standen viele kleine bunte Häuschen, die bei näherem Betrachten so schief waren, dass sie fast umzukippen schienen.

Überall herrschte Hektik. Elfen liefen eifrig durch die Gassen und befestigten kleine Laternen. Das Dorf wurde festlich geschmückt. Sharj hatte nicht einmal Interesse zu fragen warum.

Die dunkle Waldelfe und Sharj flogen auf ein rundes Gebäude zu, in dessen Mitte sich ein runder, nach oben spitz zulaufender Turm befand. Zwei Wächter standen vor der reich verzierten, massiven Eichentür. Die dunkle Waldelfe bat um Einlass, doch die Wächter lehnten ab.

„Wer ist deine Begleitung, Osana?" Während die drei diskutierten, ob Sharj Einlass gewährt werden könnte oder nicht, nutzte Sharj die Zeit, sich die Tür genauer anzusehen. Sie befand sich in einer Nische. Auf beiden Seiten waren zahlreiche Figuren und Schriftzeichen eingeschnitzt. In der Mitte der doppelflügeligen Tür prangte ein Elf mit einem Speer in der rechten Hand. Die Figuren auf der rechten Seite trugen Bücher, die auf der linken waren alle bewaffnet. Über der Tür befand sich die Darstellung eines Mannes, der ein Zepter in der Hand und eine Krone auf dem Kopf trug.

„Dies wird wohl König Sloma sein", dachte Sharj, als die Waldelfe sie eilig ins Gebäude zog. Sharj war so vertieft gewesen, dass sie den Ausgang der Diskussion mit den Wachen nicht mitbekommen hatte.

„Wo sind wir hier? Was ist das für ein Gebäude?"

„Dies ist der Sitz des Rats der Ältesten. Sie werden wissen, was zu tun ist", erwiderte Osana.

Kapitel 12

König Sloma

König Sloma wachte auf, als sein Diener ihm die heiße Stirn mit einem feuchten Tuch abtupfte.

Er hatte hohes Fieber und fühlte sich sehr elend. Keines der Arzneimittel, welche die Priester ihm hergestellt hatten, hatte Wirkung gezeigt. Er befürchtete zu sterben. Seine einzige Hoffnung war Amur, sein Ziehsohn und treuer Freund. Er war in eine andere Welt aufgebrochen, um Hilfe zu holen, doch bislang war er von seiner Reise nicht zurückgekehrt. Die Zeit wurde knapp. König Sloma fühlte sich dem Tode nah. Während er wieder einschlief, kamen die Priester im Schloss zusammen.

„Wir haben alle Heilpflanzen und Tinkturen versucht“, sagte einer der Priester, „aber bislang hat nichts geholfen. Ich fürchte, wir haben verloren. Vielleicht können wir noch eine andere Zusammensetzung versuchen. Das Silberkraut soll Fieber senken. Wenn wir dies als Basis nähmen …?“

„Nein!“, schrie ein junger Priesterlehrling

dazwischen. „Bislang sind alle Versuche gescheitert. Wir könnten ihn mit den Kräutern vergiften. Lasst uns beten und auf die Rückkehr von Amur warten.“

Doch wo war Amur geblieben? Vielleicht hatte er seinen Talisman verloren, denn nur mit diesem wurde einem Eingeweihten der Weg zum Schloss offenbart. Das Schloss lag verborgen im Mispeltal. Der Eingang war durch einen Zauber geschützt. Noch nie hatte jemand ihn brechen können. Wer sich im Schloss befand, war vor allen Feinden sicher. Für den Schutzzauber waren die Priester zuständig, nur sie kannten die Formeln und Riten, nur sie konnten ohne einen Talisman ins Schloss gelangen. Die Priester sorgten für das Gleichgewicht zwischen allen Lebewesen, sie dienten dem Schutze aller.

König Sloma plagten fürchterliche Albträume. Immer wieder träumte er, dass Amur in einer anderen Welt gefangen wäre und es nicht mehr schaffte, zu ihm zurückzukommen.

Verwandlungskünstler

Als Otto gebadet hatte, begann er, seine Pläne Gestalt annehmen zu lassen.
Er beschloss, sich in der Stadt umzusehen. Mit guter Laune stieg er ins Auto und begab sich geradewegs ins Zentrum. Nicht einmal die lange Suche nach einem geeigneten Parkplatz konnte seine Stimmung trüben. Er pfiff sogar leise vor sich hin. Nachdem er geparkt und das Auto abgeschlossen hatte, bummelte er wie ein Tourist durch die Gassen der Stadt. Bei einem Kaffeehaus hielt er inne und suchte sich ein sonniges Plätzchen auf der Terrasse.
Er bestellte einen Kaffee, holte sich die Tageszeitung und begann zu lesen. Doch richtig konzentrieren konnte er sich nicht. Immer wieder überlegte er, wie er seinen Plan, Sharj zu töten, am besten in die Tat umsetzen könnte. Er müsste es schaffen, unauffällig zu sein. Doch ein Mann mit seiner Attraktivität, so dachte er, fiel überall auf. Als ihm der duftende Kaffee serviert wurde,

blätterte er etwas verdrossen in der Zeitung. Während er trank, hefteten sich seine Krötenaugen auf eine Werbeanzeige: „Fasching, Kostümball oder Mottoparty – wir verkleiden Sie. Mit unseren Kostümen wird Sie niemand erkennen."
„Ja, genau das ist es", dachte Otto. „Ich werde mich verkleiden, dann erkennen mich die Leute nicht und ich kann agieren, ohne aufzufallen." Beflügelt von dieser Idee schrieb er sich die Adresse des Kostümladens in sein Notizbuch und genoss siegessicher seinen Kaffee.
Er rief die Bedienung, zahlte und ging dann zielstrebig zu der notierten Adresse. Als er in das Geschäft trat, gab lautes Gebimmel den Angestellten zu verstehen, dass jemand gekommen war. Dennoch dauerte es gefühlte fünf Minuten, bis ein kleiner Mann auf Otto zustürmte und ihm schmeichelte: „Ein Mann Ihrer Klasse, der benötigt etwas ganz Besonderes, um seiner Attraktivität noch mehr Ausdruck zu verleihen."
„Ja, ich suche verschiedene Kostüme, aber nicht so auffällige."

„Da werden wir bestimmt fündig“, erwiderte der Verkäufer und zeigte Otto verschiedene Kostüme. Als Otto das Geschäft verließ, hatte er drei verschiedene Verkleidungen gekauft, samt Perücken und falschen Bärten. Er war glücklich und machte sich auf den Heimweg.

Kapitel 14

Geheimnisvolle Kette

Während des gesamten Rückwegs hielt Mona den Blick fest auf den Boden gerichtet. Immer noch erfüllte sie ein richtiger Ekel, wenn sie an all die Krabbeltiere dachte, von denen Tina gesprochen hatte.

Und als ob Tina ihre Gedanken ahnte, fragte sie: „Mona, wir haben noch nie darüber gesprochen. Du hast mir noch nie gesagt, was du nach der Schule machen möchtest."

Mona wurde rot und sie spürte, wie sich die Hitze hinter ihrer Stirn ausbreitete. „Ich …", stammelte sie, „ich habe mir noch gar keine großen Gedanken gemacht. Ich weiß gar nicht, ob ich irgendwelche Talente besitze."

Tina schaute ihrer Freundin in die Augen und ein Lächeln breitete sich aus. „Doch, du kannst ganz viele Dinge. Ich könnte mir vorstellen, dass du Stilberaterin oder Schmuckdesignerin werden könntest."

„Meinst du wirklich, ich hätte dazu Talent?"

„Aber sicher, ich kenne niemanden, der so modisch und passend wie du gekleidet ist.

Bei dir stimmt einfach immer alles. Und außerdem hast du mir die schönste Kette geschenkt, die ich je im Leben hatte."

„Oh, danke schön!" Mona hatte das Gefühl, dass sie mittlerweile das Rot einer überreifen Tomate angenommen hatte. So viele Komplimente war sie nicht gewohnt zu hören. „Ja, die Kette habe ich selbst entworfen. Es hat mir Spaß gemacht und ich habe mir immer vorgestellt, wie sie zu dir passen wird. Ich war mit meiner Mutter auf einem Kunstmarkt. Dort habe ich mir die richtigen Utensilien kaufen können. Als ich die grünen Steine sah, musste ich unweigerlich an deine Augen denken. Da dein Geburtstag bevorstand, habe ich keine Zeit verloren, die Kette für dich anzufertigen."

„Danke, Mona, dass du meine Freundin bist! Ich könnte mir keine bessere vorstellen." Die Mädchen scherzten und alberten und Mona vergaß endlich die Krabbeltiere.

Plötzlich sah sie am Boden ein Funkeln. „Halt, Tina, nicht so schnell, ich habe gerade etwas gesehen." Mona bückte sich, um einen besseren Blick auf den Waldboden zu

haben.
„Was hast du gesehen? Muss ja was Besonderes sein, wenn du dich freiwillig dem Boden näherst", kicherte Tina.
„Ja, es hat geglitzert, vielleicht ein Schmuckstück." Mona schob das Laub zur Seite und schon hatte sie es gefunden. „Tina, schau mal, eine Kette mit einem Anhänger." Mona hielt das Fundstück in die Höhe. Die Kette selbst schien aus Leder zu sein, der Anhänger war ein schwarzer Stein, in dem eine Schlange und noch etwas in der Mitte eingeprägt war. „So etwas habe ich noch nie gesehen. Das ist ja wunderschön, wenn auch nicht sehr wertvoll." Mona ließ die Kette in ihrer Jackentasche verschwinden und hoffte, dass Tina nicht darauf bestand, dass sie die Kette im Fundbüro der Schule abgeben müsste. Doch Tina schwieg. Sie war viel zu froh darüber, dass ihre Freundin endlich wieder ausgelassen war, als sich über den Fund Gedanken zu machen.

Kapitel 15

Gefangenschaft

José plagten große Schmerzen. Er war von Dunkelheit umgeben. Blut sickerte aus einer Wunde am Rücken und er wusste nicht, wie lange er schon hier gefangen war. Er versuchte immer wieder, das Geschehene Revue passieren zu lassen. Bilder tauchten aus seiner Erinnerung auf. Er war in einer anderen Welt, da war ein Hase, der bat sie, zu helfen … José erinnerte sich wieder. Die Bilder fügten sich zusammen: Er stand wartend vor einem Gasthaus, Sharj wollte etwas zu essen besorgen und plötzlich waren da diese kleinen behaarten Wesen mit einem Auge in der Mitte des Gesichts. Das mussten diese Stumps sein, von denen der Hase gesprochen hatte. Die Stumps – was war es noch, was José über sie gewusst hatte? Er war sich sicher, da war noch etwas gewesen. Was war es bloß? Sie hatten ihm etwas Glühendes auf den Rücken gedrückt und dann hatte er das Bewusstsein verloren. Als er wieder aufwachte, war er hier und hatte große Schmerzen und blutete und wusste nicht, wo er war.

José war gefangen im Berg Salmar. Der Berg Salmar lag zwischen den beiden Tälern, dem Mispel- und dem Dornental, und diente als natürliche Grenze. In diesem Berg hatten früher die Lamere gelebt, ein Trollvolk, doch die Herrschaft des bösen König Maloc hatte sie vertrieben. Sie konnten ihren Handel mit Edelsteinen nicht mehr ausführen, immer wieder wurden sie von den Stumps überfallen. So suchten die meisten von ihnen ein neues Zuhause weitab vom Berg Salmar und vom Einfluss des Königs Maloc.

Als José versuchte sich zu bewegen, bemerkte er, dass er angekettet war. Um seinen Hals befand sich eine Kette mit stählernen Dornen, und bei jeder Bewegung bohrten sich die spitzen Stifte tiefer in sein Fleisch. An allen vier Pfoten befanden sich ähnliche Fesseln aus Stahlketten. So sehr José sich auch zu befreien suchte, die Ketten gaben keinen Millimeter nach. Sie waren in einer steinernen Wand eingelassen. Der Boden, auf welchem er lag, war kalt und feucht. An den Wänden glitzerte es. Als er seine Zunge über den Boden gleiten ließ, um etwas Flüssigkeit

aufzunehmen, schmeckte diese salzig.
José wurde jetzt einiges klar. Feucht, kalt, dunkel und salzig, er musste im Inneren eines Berges sein. Er hoffte, dass Sharj ihn finden würde.
„Sharj“, dachte er im Gefühl seiner Freundschaft, „wenn ich jetzt sterben sollte, kann ich dir nie danken. Bitte finde mich.“ Er schickte diesen Gedanken auf die Reise und hoffte, dass es in dieser Welt eine Verständigung ohne Worte gab.
Und plötzlich durchfuhr es ihn. Er sah den Raben Pitty, der sie begrüßt hatte, vor seinem geistigen Auge und erinnerte sich an dessen Worte: „Wir leben friedlich miteinander, doch haben wir große Sorgen. Seit unser König so krank ist, versucht König Maloc aus dem Dornental an die Macht zu kommen. Das Dornental grenzt direkt an das Mispeltal. König Sloma hat es immer verstanden, diplomatische Beziehungen zu den Stumps zu unterhalten. Aber jetzt haben sie an der Grenze zu unserem Tal schon einen unserer Drachen getötet und es sieht nicht so aus, als ob sie damit aufhören wollten.“

Kapitel 16

Der Ältestenrat

Das Gebäude war von innen nicht weniger imposant, als man schon von außen ahnen konnte. Prächtig geschmückte goldene Wände mit Sharj unbekannten Schriftzeichen säumten den Weg zu einem kreisrunden, erhöhten Podium, in dessen Wände steinerne Bänke eingelassen waren. Hier saßen die Ältesten und schienen schon auf die Ankunft der beiden Elfen zu warten.

Die Ältesten trugen prächtige Gewänder und allesamt hatten sie lange weiße Bärte und langes weißes Haar. Sharj fiel es schwer, die zwölf Männer voneinander zu unterscheiden.

„Was ist dein Begehren, Osana?", erkundigte sich der Wortführer. Sharj fiel auf, dass dieser Mann im Gegensatz zu den anderen eine goldene Bordüre um sein weißes Gewand trug. Vielleicht war er so etwas wie das Oberhaupt.

Osana blickte zu Sharj und begann zu erzählen. „Diese Elfe, Sharj, begegnete mir das erste Mal in der Waldschänke. Dort sah ich, dass sie sich mit unseren Bräuchen nicht auskannte. Sie kannte weder unsere Getränke noch unsere Speisen. Außerdem habe ich beobachtet, dass sie Essen in ihrer Kleidung verschwinden ließ."

Sharj war sich in dem Moment nicht mehr sicher, ob Osana nun eine Freundin oder eine Feindin war. Es klang fast so, als ob man sie verdächtigte, etwas Unrechtes getan zu haben.

Osana sprach weiter: „Plötzlich hörten wir draußen einen Lärm und sahen sieben Stumps. Wir versteckten uns und warteten, bis sie weitergezogen waren. Sharj erzählte mir, dass ihr Drache verschwunden sei. Die Nahrung, die sie versteckt hatte, war für den Drachen."

Der Älteste brach in schallendes Gelächter aus: „Eine Elfe will einen Drachen mit Gemüse füttern? Kein Wunder, dass der verschwunden ist. Hast du sonst noch etwas zu berichten oder können wir den Festvorbereitungen nachgehen?"

Sharj hatte das Gespräch sorgenvoll mit angehört und trat nun vor den Ältesten. Sie sprach mit fester Stimme: „Mein Herr, ich bin Sharj und bin ein Mensch. Ein Hase hat meinen Freund und mich in eure Welt gezaubert, um euren König von seiner Krankheit zu befreien. Mein Freund José, das ist der Drache, von dem Osana euch berichtet hat, ist von den Stumps entführt worden. Ich appelliere an euer Mitgefühl. Ich brauche dringend eure Hilfe“, schloss sie ihre Ansprache. Der Älteste geriet ins Grübeln und schaute sich Sharj genauer an.

„Was wisst ihr von uns?“, fragte er.

„Im Prinzip nur das, was ich gesagt habe.“ Sharj wollte dem Elf nicht zu viel verraten. Noch konnte sie nicht sicher sein, dass sie ihm vertrauen konnte. Es brach eine Debatte aus, die einen sprachen von einer Prophezeiung, die anderen hatten Angst vor den Stumps.

„Kommt in einer Stunde wieder, dann teilen wir euch unsere Entscheidung mit.“ Sharj und Osana verließen das Gebäude.

„Eine Stunde“, dachte Sharj und hoffte, dass ihr Freund noch lebte. Einen Moment lang sah sie sein Drachengesicht vor sich und hörte, wie er nach ihr rief: „Wenn ich sterbe, kann ich dir nicht danken.“ Sie hoffte, dass sie nur fantasierte, denn wenn José sterben würde, wäre auch ein Teil von ihr tot. Sharj schwor sich, ihm zu helfen, auch unter Einsatz ihres Lebens, egal wie sich der Ältestenrat entscheiden würde.

Amur

Amur saß auf dem Waldboden und hoffte, dass seine Mission gelingen würde. Wenn König Sloma sterben sollte, war das Königreich verloren. König Maloc würde alle Völker unterwerfen. Die Lamere waren schon vor einiger Zeit geflohen, weil sie den ständigen Überfällen der Stumps nicht mehr standhalten konnten. Die Bäume verhielten sich neutral. Die Elfen standen auf Slomas Seite. Für König Maloc waren die Olajas und die Stumps.

Die Olajas waren ein kriegerisches, hinterlistiges Volk und besiedelten den Ramwald. Dieser lag meilenweit entfernt vom Mispeltal. Ein großer See trennte das Mispeltal vom Ramwald; noch nie hatten die Elfen diesen gekreuzt. Doch es gab Legenden über frühere Kriege mit den Olajas. Damals waren die Lamere mit den Elfen gegen die Olajas in den Krieg gezogen und hatten die Olajas verdrängt, die sich daraufhin in den Ramwald zurückgezogen hatten.

Amur war als Baby in die Obhut der Priester gekommen und wurde so zum Ziehsohn des Königs. Seine Treue zu ihm war so groß, dass er sich in diese Welt begeben hatte – und nun saß er hier und hoffte, dass sich alles gut fügte und dass die beiden Erfolg haben würden. Er hatte sie sehr besonnen ausgewählt. Beide waren reinen Herzens und Amur war sich sicher, dass sie das Wasser des Lebens finden könnten.
Doch er hatte sein Amulett verloren. Die Rückkehr in sein eigenes Reich war somit ungewiss. Er hatte jeden Winkel des Waldes durchsucht, war sogar erneut in die Grube gesprungen, aus welcher er gerettet wurde. Aber nichts: Sein Amulett blieb verschwunden. Amur blieb nur zu hoffen, dass Sharj und José Erfolg haben würden und dass König Sloma wieder gesund würde, auch wenn er als Hase in dieser Welt gefangen blieb.

Kapitel 18

Die Entscheidung

Sharj und Osana eilten aus dem Gebäude. Sharj war sich fast sicher, dass der Ältestenrat nicht helfen würde. Die beiden liefen auf einen Platz zu, auf dem rege Betriebsamkeit herrschte. Überall waren Elfen, die alles schmückten, Laternen befestigten und fröhlich vor sich hin summten.

„Osana, warum wird hier alles geschmückt?", fragte Sharj ihre Gefährtin.

„Heute Nacht haben wir Vollmond. Das wird groß gefeiert, weil es nur alle hundert Jahre vorkommt", antwortete Osana.

Sharj bekam eine Gänsehaut, als ihr die Bedeutung dieser Worte klar wurde. Man konnte das Orakel nur in einer Vollmondnacht finden – sie konnte ihr Glück kaum fassen! Sie war zur richtigen Zeit am richtigen Ort – doch der Gedanke an ihren Freund José ließ sie innehalten. Osana ließ sich seufzend auf einer der kleinen Sitzgelegenheiten nieder. Beim näheren Hinsehen stellte Sharj fest, dass diese Sitzgelegenheiten fast wie Stühle in ihrer Welt aussahen, aber keine gewöhnlichen Stühle waren. Es waren riesige Blumen, fast wie Margeriten, nur überdimensional groß. Fast hatte sie Angst, sich auch zu setzen, doch dann wurde ihr bewusst, dass eine Elfe sicher sehr leicht war und der Blume mit ihrem Gewicht nicht schadete. Osana schaute zum Himmel.

„Die Stunde wird bald vorbei sein, ich hoffe, wir werden Hilfe bekommen."

„Osana, du sagtest ‚wir', heißt das, dass du mir helfen wirst?", fragte Sharj erwartungsvoll.

„Ja, natürlich helfe ich dir, auch wenn ich dieses wunderbare Fest hier versäumen werde." Theatralisch rollte Osana mit den Augen. „Du Dummerchen, es geht hier um das Wohl unseres ganzen Volkes, wie könnte ich dir da nicht helfen wollen?"

Erleichtert lehnte Sharj sich in der ungewohnten Sitzgelegenheit, die sie im Geheimen Blütenstuhl genannt hatte, zurück. Sie konnte keine Ruhe finden, die Last war schwer auf ihren Schultern. José befreien, selbstlos handeln, um das Orakel zu finden und den König retten … würde sie das je-

mals schaffen? Tausend Gedanken beschäftigten sie. Doch im Moment der größten Not tauchte vor ihrem geistigen Auge das lächelnde Gesicht ihres Freundes José auf. Dies gab ihr Hoffnung und Mut. Entschlossen stand sie auf und sagte zu Osana: „Lass uns schnell zum Ältestenrat gehen!"
„Ja, die Stunde ist fast vorbei."
Beide Elfen überquerten den Platz Seite an Seite und gingen auf das imposante Gebäude zu, in dem sich der Ältestenrat befand. Vor dem Eingang blieben sie stehen, um die Wachen um Einlass zu bitten, doch bevor sie auch nur ein Sterbenswörtchen sagen konnten, traten die Wachen zur Seite und gewährten den beiden Zutritt. Eilig und mit großen Schritten näherten sie sich dem Rat. Ehrfürchtig blickte Sharj den Ältesten an.
„Nun, wir haben eine Entscheidung getroffen, die uns in Anbetracht der Festvorbereitungen sehr schwergefallen ist. Wir möchten keine Unruhe ins Dorf bringen und vermeiden, dass unsere Elfen zu Schaden kommen. Aus diesem Grunde haben wir einen Freiwilligen gesucht – und gefunden –, der euch

beide begleiten wird, um den Drachen zu suchen und zu befreien."
Ein Mann löste sich aus dem Kreis der Ältesten und trat vor.
„Das ist Ismann, ein erfahrener Krieger, er wird euch helfen, verliert keine Zeit!"
Sharj und Osana konnten ihr Glück kaum fassen, jetzt hatten sie jemanden an ihrer Seite! Ismann verneigte sich kurz vor den beiden und bat sie, sich zu beeilen.

Kapitel 19

Der Amethyst

Während José in Gedanken bei Sharj war und ganz fest an sie glaubte, sah er plötzlich ein violettes Schimmern in der Steinwand. Beim genaueren Hinsehen war das Schimmern ein Funkeln und es warf wunderschöne Schatten an die Wand. Das lenkte ihn ein wenig von seiner Situation ab.

„Was mag das sein?", fragte er sich und versuchte, sich der Wand zu nähern. Seine Fesseln erlaubten ihm vielleicht zwei Schritte, aber er gelangte nicht bis zur Wand. Seine Gelenke schmerzten bei jeder Bewegung und die Fesseln zogen sich enger um seine Glieder. José war das egal, er war fasziniert von diesem Glitzern. Er musste einfach wissen, was es war. Es ging eine Magie davon aus, und ohne nachzudenken, nutzte José sein Drachenfeuer und spie es gegen das Funkeln. Plötzlich löste sich ein Stein und fiel ihm genau vor seine Drachenpfoten. Das Funkeln in der Wand war fort, aber nun glänzte es vor seinen Füßen. José neigte den Kopf, um den Stein näher zu betrachten. Er

funkelte violett und warf kleine Lichtreflexe an die Wand. Seine verstorbene Großmutter hatte einen violetten Stein besessen. Sie hatte immer gesagt, er sei sehr wertvoll.
José dachte nach. „Ein Stein in einer Bergwand, violett schimmernd. Das muss ein Amethyst sein."
Er nahm den Stein vorsichtig in sein großes Drachenmaul und versteckte ihn dort. Irgendetwas sagte ihm, dass dieser Stein noch wichtig sein könnte. Mit seiner Zunge konnte er fühlen, dass der Stein in der Mitte eine Mulde hatte, ähnlich wie ein Gefäß. Ihm fielen die Worte seiner Großmutter ein. Sie sagte immer:
„Und wenn du denkst, es geht nicht mehr, kommt von irgendwo ein Lichtlein her."
José war sich sicher, dass dieser Stein sein persönliches Licht war.

Kapitel 20

Die Suche nach José

Sharj, Osana und Ismann liefen aus dem Gebäude und ließen den Ältestenrat hinter sich. Sie überquerten den bereits festlich geschmückten Dorfplatz und gingen zum Flusslauf hinunter.

Sharj beobachtete Ismann, er schien ein erfahrener Krieger zu sein. Er trug Pfeil und Bogen sowie einen Silberdolch. Sein silbernes Haar fiel offen auf die Schultern und auf jeder Seite hing ein dünner Zopf, in den Lederbänder eingeflochten waren. Seine leicht gebogene Nase gab ihm ein aristokratisches Aussehen.

Doch irgendetwas war an Ismann, was Sharj irritierte. Sie wusste nicht, was es war. Am Flusslauf angekommen, stieg Sharj sofort in die Lüfte und rief den anderen beiden zu: „Kommt schnell, wir müssen uns beeilen."

Osana wollte gerade losfliegen, als Ismanns kräftige Stimme die beiden innehalten ließ.

„Ich kann nicht fliegen, ich habe keine Flügel." Jetzt plötzlich wusste Sharj, was sie vorher irritiert hatte: der Umstand, dass Ismann als Elf keine Flügel hatte. Sharj flog zurück. Ismann sah sie um Entschuldigung bittend an, sodass Sharj Mitleid mit ihm hatte.

„Ich wurde ohne Flügel geboren, aber ich bin deswegen nicht weniger ein Krieger als andere Elfen, im Gegenteil – meine Instinkte sind viel besser ausgeprägt. Außerdem bin ich der schnellste Läufer unter den Elfen."

Sharj erwiderte: „Also gehen wir. Aber wohin? Wo können die Stumps einen Drachen verstecken?"

„Ich vermute, in den Bergen zwischen unseren beiden Tälern. Nur dort kann ein Drache unbemerkt versteckt werden", sagte Osana, und Ismann nickte stumm zur Bestätigung.

„Allerdings müssen wir durch den Zauberwald, um dorthin zu gelangen."

Kapitel 21

Otto in Verkleidung

Als Otto nach Hause kam, öffnete er schwungvoll die Haustür, eilte ins Schlafzimmer und warf achtlos die Einkaufstüte mit seinen Kostümen auf das Bett mit der geblümten Bettdecke. Er ging ins Bad und machte sich kurz frisch. Als er aus dem Bad trat, griff er sich die Tüte und lugte hinein.
„Na, jetzt kann das Schauspiel beginnen", dachte er. Er nahm sich zunächst eine blonde Perücke und setzte sie sich auf den Kopf.
„Hm", dachte er, „was bin ich doch für ein schmucker Kerl. Kein Wunder hat sich meine Claudia in mich verliebt. Wo ich doch so gut aussehe!"
Voller Vorfreude griff er nach weiteren Utensilien und klebte sich den falschen Schnauzer an.
„Oh wouwouw, jetzt sehe ich noch besser aus", dachte er. Otto kamen langsam Zweifel: „Ob ich nicht zu gut aussehe? Ob mich nicht jedermann erkennt und mir die Frauen nicht scharenweise nachschauen? Es ist doch vielleicht besser, ich nehme ein ande-

res Outfit.“

Otto hatte in der Tüte noch einige andere Perücken. Er griff nach der dunklen Lockenmähne, setzte sie sich auf und war sprachlos:
„Was für ein schmucker Mann“, dachte er. Und schon griff er nach dem nächsten Bart, einem Vollbart: „Hm, das ist gut, so sehen wenige Menschen etwas von meinem attraktiven Gesicht.“
Sein Herz klopfte. Die Vorfreude war enorm. Schnell schlüpfte er in die Klamotten, die er ebenfalls aus der Einkaufstüte zog, und schon wurde aus dem – wie er dachte – gut aussehenden Otto ein dunkelhaariger, südländisch anmutender Vollbartträger. Otto war zufrieden. Er schaute in sein Spiegelbild – aus seinem Gesicht schauten ihn die beiden hässlichen Krötenaugen an, doch Otto empfand sich als wunderschön. Er lächelte in sein Spiegelbild, sah die schwarze Lockenmähne und diesen Vollbart, der nach unten etwas gezwirbelt war, das bunte Hawaiihemd und die kurzen braunen Bermudashorts mit

seitlichen Taschen und ausgefransten Enden. Seine Füße steckten in ganz einfachen Mokassins.
„Ja, so gehe ich als Tourist durch, keiner wird mich je erkennen und niemand weiß, wer ich bin“, dachte Otto. Er war beflügelt von der Idee. Jetzt endlich konnte er sich unbemerkt fortschleichen und Kontakt zu seinem Mittelsmann in Brasilien aufnehmen.

Otto rannte aus dem Schlafzimmer, griff sich den Autoschlüssel, welchen er vorher auf die Kommode in der Diele geworfen hatte, eilte nach draußen, sprang ins Auto und startete den Motor.
„Uups“, dachte er. „Ich muss darauf achten, dass ich nicht direkt dort parke, wo mich jemand kennt. Ich muss etwas außerhalb parken.“
Otto fuhr zum Stadtrand. Von dort aus nahm er einen öffentlichen Bus. Mit dem Bus fuhr er dann in die Stadt. Er schaute sich um, lief durch die Gassen und entdeckte – ganz nah – ein Internetcafé. Er betrat es und schaute sich um. Es war sehr voll.

„Hm, das passt mir gut. Viele Menschen, dies bedeutet, es achtet keiner auf mich."
Otto wartete ein bisschen, bis ein Platz frei wurde, und setzte sich. Er loggte sich ein – anonym, versteht sich – und nahm Kontakt zu seinem Mittelsmann auf. Es dauerte nicht lange, bis er einen Chat aufgebaut hatte. Sein Mittelsmann antwortete gleich. Sie benutzten Decknamen wie „Hund" und „Hase", wobei Otto der Hund war.
Der Hase fragte: „Hund, was willst du heute von mir?"
Der Hund antwortete: „Ich brauche noch mal das Gleiche wie zuvor."
„Aha", sagte der Hase, „ich weiß Bescheid. Mittlerweile verkaufe ich es weltweit."
„Tatsächlich?"
„Ja, ich gebe es als Parfüm aus. Es kommt zu dir nach Hause in einem Flakon und keiner schöpft Verdacht."
„Genial", sagte der Hund. „Bitte schicke mir ein Exemplar."
„Aber natürlich", sagte der Hase. „Noch heute wirst du es bekommen."
„Heute schon?", wunderte sich der Hund.

„Ja, heute“, antwortete der Hase. „Heutzutage schickt man so etwas per Expressversand und ich habe überall meine Lager.“
„Gut“, antwortete der Hund. „Es soll mir recht sein, je schneller, umso besser.“
„Danke.“
Der Hund, alias Otto, loggte sich aus dem Computer aus, überprüfte noch mal, dass er keine Spuren im Computer hinterlassen hatte – Spuren wie zum Beispiel eine Seite aufzulassen oder ähnliche Dinge, die ein anderer schnell nachverfolgen konnte. Er war sich sicher, dass nichts dergleichen passiert war und verließ ganz ruhig und gemächlich, aber nicht ohne ein Grinsen auf den Lippen das Internetcafé. Er ging zu Fuß zu seinem Auto. Er war so beflügelt, dass er sich gar nicht ruhig in einen Bus hätte setzen können. Es waren insgesamt sieben Kilometer. Doch Otto, beleibt wie er war, lief leichten Fußes den Weg bis zu seinem Auto.
Als er auf dem Parkplatz, auf dem er sein Auto abgestellt hatte, angekommen war, bemerkte er, dass er seinen Autoschlüssel nicht finden konnte. Er durchwühlte seine Ta-

schen: nichts! Die Bermudashorts hatten in einer Tasche ein Loch. Das bemerkte er, als er mit seinen Fingern die Taschen absuchte. „Ach du lieber Gott“, entrang es sich ihm. „Was soll ich jetzt nur tun? Ich war in dieser Verkleidung in der Stadt. Wie finde ich denn jetzt meinen Schlüssel wieder?“
Unglücklich und unmutig tapste Otto nach Hause. Dummerweise war an seinem Autoschlüsselbund auch der Hausschlüssel. Somit konnte er nicht hinein. Er musste wohl oder übel warten, bis Claudia nach Hause kommen würde.

Kapitel 22

Amur findet einen Schlüssel

Amur saß auf dem Waldboden und war in seine Gedanken versunken. Doch ein immer näher kommendes Geräusch ließ ihn aufschrecken. Er schnupperte mit seiner Hasennase, um Witterung aufzunehmen. Das Geräusch kam immer näher. Es klang wie eine Schafherde, die über den Boden trampelte – gejagt von irgendetwas. Aber nein, es war keine Schafherde. Es war ein Mann – ein ziemlich merkwürdiger Mann. Amur war sich nicht sicher: War der Mann alleine? Ja, er war alleine, doch er war sehr dick. Aus der Ferne hätten es auch zwei oder drei Männer sein können, doch es war ein einziger Mann mit dunklem Haar, einem bunten Hemd, einem Bart, kurzen Hosen ... er lief, als wenn der Teufel hinter ihm her wäre. Doch er läuft auch leichtfüßig, als wenn er glücklich wäre. „Hm“, dachte Amur, „er ist glücklich. Und ich? Doch, ich bin auch glücklich“, korrigierte er sich. „Denn Sharj und José werden meinen König retten. Ja! Ich bin sicher, dass

sie Erfolg haben werden.“
Als sich Amur wieder umdrehen wollte, hörte er ein leichtes Klirren: „Klirr“… etwas war auf den Boden gefallen. Amur näherte sich der Stelle und sah einen Schlüsselbund. „Hm“, dachte er, „das hat bestimmt dieser komische Mann verloren.“ Schon wollte er ihm hinterherrufen, doch er besann sich. „Natürlich ist es keine gute Idee, wenn ein Hase anfängt zu sprechen. In dieser Welt sprechen Hasen nicht. Gut, ich werde den Schlüssel an mich nehmen. Wer weiß, vielleicht kann ich ihn irgendwann zurückgeben, vielleicht vermisst der Mann den Schlüssel.“
Und so nahm Amur den Schlüssel an sich.

Kapitel 23

Erneut im Zauberwald

„Der Zauberwald – nun gut“, dachte Sharj, „hier müssen wir wohl durch.“

Ganz wohl war ihr nicht bei der Sache, doch letztendlich war José im Zauberwald verschwunden. Dort könnten sie Spuren suchen. Nachdenklich betrachtete Sharj ihre Freunde. Ismann, der Elf, der nicht fliegen konnte, und Osana, ihre neue Freundin. Würden die drei es schaffen? Vor allen Dingen: Welche Gefahren verbargen sich hier im Zauberwald? Was würde noch alles auf sie zukommen?

Das Dreiergespann ging also in den Zauberwald, der wie eine dunkle Mauer vor ihnen lag. Darin war es noch dunkler und unheimlicher, als es von außen ausgesehen hatte. Alles, auch der Weg, auf dem sie gingen, wurde hinter ihnen zu einem schwarzen, feuerspeienden Loch. Vor ihnen war es stockdunkel. Kein einziger Lichtstrahl erhellte den Wald. Die Bäume rauschten und Sharj hörte von Weitem ein leises Fiepen.

„Was ist das?“, fragte sie.

„Was?“, antwortete Osana.
„Dieses Fiepen ...“
„Ich kann nichts hören.“
„Psst, seid ruhig!“, sagte Ismann. „Ich kann auch etwas hören.“
„Hm“, erwiderte Osana, „vielleicht ist es nur der Wind, der die Bäume hin und her wiegt?“
„Gut, vielleicht hast du recht“, sagte Sharj. Doch sie ahnte, dass dieses Fiepen einen anderen Ursprung hatte.
„Lasst uns weitergehen!“, sagte Ismann sehr bestimmt. Und so gingen sie auf leisen Sohlen durch den Zauberwald. Ismann führte die kleine Gruppe an. Er ging voraus, die Sinne geschärft. Dadurch, dass er nicht fliegen konnte, funktionierten seine anderen Sinne besonders gut. Ja, auch er hatte das Fiepen gehört. Und anders als den anderen beiden bereitete es ihm Sorgen. Das Fiepen klang für ihn wie – Angstschreie. Seine Nackenhaare stellten sich auf. Und das war ein untrügliches Zeichen für Gefahr. Ismann war sich sicher, dass ihnen etwas Gefährliches drohte. Etwas, was gar nicht so weit

weg war. Er wusste nicht, was es war, doch er war alarmiert und er wollte nicht, dass die anderen etwas von seiner Furcht mitbekamen. Der Weg wurde steiniger und glitschiger und Sharj nahm einen leicht modrigen Geruch wahr.

„Der Untergrund ist anders. Es scheint so, als ob wir uns einem Wasserlauf nähern."

„Ja", sagte Osana, „das ist möglich. Vielleicht verläuft hier ein Bach."

Ismann sagte: „Ja, psst, seid ruhig – ich kann es hören! Es ist … es ist ein Bach. Hm, am besten, wir bewegen uns am Bach entlang, damit wir einen Anhaltspunkt haben."

„Ja", sagte Sharj, „das klingt gut. Aber wisst ihr denn, wo der Bach hinführt?"

Betreten sahen Osana und Ismann Sharj an.

„Nein", stammelte Ismann, „der Wald verändert ständig seine Form. Es ist ein Zauberwald! Es gibt keine festen Wege. Der Wald ist heute so und morgen so. Die Wege können überall hinführen. Wir müssen auf unser Glück hoffen."

„Oh", sagte Sharj, „ja, das brauchen wir, und zwar eine ganze Menge Glück."

Kapitel 24

Swap

„Ahhh, diese elenden Stumps", jammerte Swap. „Nicht mal in diesem Berg können sie mir meine Ruhe lassen. Was haben sie denn hier angebracht? Das muss ja riesig sein. Der Berg bebt – alles bewegt sich! Ich muss mir einen besseren Überblick verschaffen …"

Und schon lief Swap die kleinen Wege entlang, die sein Volk vor langer Zeit gebahnt hatte, und ging den Weg nach unten.

„Uhh, ist es warm hier! Ah, ich weiß, es muss ein Drache sein."

Tatsächlich konnte er den nun sehen, seine übergroßen Schlappohren berührten fast den Weg, den die Swaps in den Berg getreten hatten. Warum ausgerechnet ein Drache? Das erschwerte einiges!

„Mist! Ich muss die Edelsteine hier rausbringen. Ich brauche doch Geld für mein Volk, meine Familie. Ich muss weiterarbeiten, aber dieser verdammte Drache …"

Und schon lief Swap wieder leichtfüßig nach oben und hämmerte weiter an der Wand, um die Amethyste herauszulösen, denn diese brauchte er, um seinen Lebensunterhalt zu verdienen. Die Lamere, sein Volk, hatten den Berg Salmar schon vor langer Zeit verlassen. Es war in der Zeit der Kriege gewesen, sie wurden immer wieder von den Stumps überfallen und irgendwann zogen sie sich zurück. Doch dieser Berg war eine wahre Goldgrube! Man musste nur wissen, wie man hinkam. Swap und seine Familie hatten sich einen Tunnel gegraben, durch den sie ungesehen hinein- und hinauskommen konnten. Aber dieser Drache erschwerte alles. Denn sicher würden die Stumps zurückkommen und nach ihm schauen, ihn füttern oder ihn peinigen oder was auch immer sie mit diesem gottverdammten Drachen machten. Es interessierte Swap eigentlich nicht besonders. Für ihn war nur wichtig, wieder unbemerkt aus dem Berg hinauszukommen. Er stopfte sich die Taschen voll mit den Amethysten, die er aus der Wand gelöst hatte, und machte sich still und leise auf den Rückweg durch den selbst gegrabenen Tunnel.

Da hörte er hinter sich ein mächtiges Heulen, das wohl von dem Drachen stammte. „Nichts wie weg“, dachte Swap, doch mit den beiden vollen Taschen fiel ihm das Laufen schwerer als sonst. Dann verlor er eine der Taschen, wahrscheinlich war sie in Richtung Drachen gefallen. Natürlich konnte er nicht umkehren und ging langsam und leise weiter.

Kapitel 25

Der Fremde vor dem Haus

Otto war zu Hause angekommen. Er setzte sich vor die Eingangstür auf die Treppe und wartete auf seine Claudia. Schon nach kurzer Zeit hörte er das Geräusch eines näher kommenden Autos.

Puuh – Claudias Auto. „Gott sei Dank“, dachte er, „endlich hat das Warten ein Ende.“ Denn er wollte nicht länger als nötig vor seiner eigenen Haustüre sitzen und damit die Aufmerksamkeit von anderen Leuten wecken.

Claudia nährte sich dem Haus. Schon von Weitem sah sie, dass ein ihr unbekannter Mann davor saß.

„Hm“, dachte sie „auf wen der wohl wartet? – Er sieht südländisch aus, bestimmt irgendein Vertreter, der mir ein Zeitungsabonnement verkaufen will. Na ja, den werde ich schnell wieder los“, dachte sie und stieg aus. Als sie auf ihr Haus zuging, kam ihr die Person vage bekannt vor. Als sich der Mann

dann erhob, sagte sie: „Hallo, Sie wünschen?“
„Ähm, Claudia – meine Liebe, erkennst du mich denn nicht?“
„O-O-Otto?“, stammelte sie.
„Ja!“
„Was machst du denn in dieser Verkleidung? In dieser Aufmachung? Dieses bunte Hemd …“
„Mach die Tür auf und lass uns reingehen. Ich habe dir etwas zu erzählen.“
Als sie im Haus waren, ließ Otto sich mit einem lauten Seufzer auf den Stuhl fallen.
„Hach“, sagte er und zog sich die dunkle Lockenperücke vom Kopf, „also, ich war in der Stadt.“
„So“, sagte Claudia, „und was hast du dort getan? Und: Was soll das alles?“
„Langsam, langsam … also, ich habe Kontakt mit meinem Mittelsmann aufgenommen. Und, es sieht gut aus. Er schickt mir das Gift.“
„Schön, dann haben wir ja noch Zeit, uns vorzubereiten. Wann wird es ankommen?“
„Heute.“

„Wie, heute?"
„Na, das nennt sich Expressversand."
„Gut", sagte Claudia. Wieder einmal hatte Otto sie überrascht mit seiner Schnelligkeit. Ach, was hatte sie doch für einen intelligenten Mann.
„Nun", sagte Otto „ich werde jetzt erst mal ins Bad gehen und mir diesen Bart abnehmen. Oh – und außerdem – ich habe meinen Schlüssel verloren! Wir müssen zum Parkplatz fahren und mein Auto holen."
„In Ordnung", sagte sie. „Mach dich erst mal fertig und dann fahren wir los."
„Ja, mein Schatz, ich beeile mich", trällerte Otto vor sich hin. Während er sich im Bad von seinem Bart befreite, träumte Claudia in der Küche von einem schöneren Leben. Von dem Reichtum, in dem sie leben würden, wenn es Sharj nicht mehr gab.

Kapitel 26

Geheimnisvolles Amulett

Mona und Tina gingen stumm nebeneinander her, jede in ihre Gedanken vertieft. Tina war glücklich darüber, dass Mona offensichtlich etwas gefunden hatte, was ihr als Beruf Spaß machen würde, und Mona dachte ebenfalls über ihre Zukunft nach. Doch diesmal hatten die sonst so trüben Gedanken schillernde Farben. Sie sah sich schon als begehrte Schmuckdesignerin, sich wohl bewusst, dass der Weg zum Erfolg ein langer und harter sein würde. Da lenkte etwas ihren Blick ab: Sie sah einen Hasen, der sich merkwürdig verhielt. Er hatte keine Angst, als sie näher kamen, und sie stupste Tina an:

„Schau dir diesen Hasen an, er läuft überhaupt nicht weg!“

„Vielleicht ist er taub und hört uns nicht?“, antwortete Tina.

Mona spürte plötzlich, dass in ihrer Jackentasche etwas pulsierte; sie berührte das Amulett und es wurde sehr heiß, fast hätte sie sich die Hand verbrannt. Das Pulsieren wurde mit jedem Schritt stärker. Mona hatte das seltsame Gefühl, das dieser Hase am Wegesrand etwas damit zu tun hatte. Sie glaubte in seinen Augen die Maserung des Amuletts zu sehen.

Sie zog Tina zur Seite. „Lass uns einen anderen Weg gehen."

„Aber ...", protestierte Tina, „warum einen Umweg?"

„Dieser Hase", keuchte Mona, „er ist mir unheimlich."

„Du willst mir jetzt im Ernst sagen, dass du Angst vor einem kleinen Hasen hast?"

„Lass uns einfach weitergehen", sagte Mona, „und bitte schau nicht zurück, schau ihm nicht in die Augen."

„Du bist verrückt", konstatierte Tina.

„Nein, bin ich nicht, mit dem Viech stimmt was nicht, vielleicht ist das der Hase, den meine Mutter heute Morgen angefahren hat, und jetzt will er sich rächen."

„O je, du hast eindeutig zu viele Gruselfilme gesehen. Es ist doch einfach nur ein kleiner Hase."

Doch Mona beharrte auf ihrer Meinung

und dirigierte Tina auf den Trampelpfad, der links vom Weg abbog.

Als die beiden den Trampelpfad betraten, der sie von dem Hasen wegführte, ließ das Pulsieren in ihrer Jackentasche nach. Langsam traute Mona sich, das Amulett wieder zu berühren, und es war zwar noch warm, aber lange nicht mehr so heiß, um sich daran die Finger zu verbrennen.

Amur schaute den beiden Mädchen nach, eine von den beiden hatte sein Amulett. Dessen war er sich sicher. Er konnte es förmlich spüren.
Auch hatte er bemerkt, dass das eine Mädchen Angst vor ihm hatte.
„Ich muss herausfinden, wo sie hingehen“, dachte er. „Ich brauche mein Amulett zurück. Doch ich darf die beiden nicht erschrecken.“
Und so beschloss Amur, den beiden in einen größeren Abstand zu folgen.

Kapitel 27

„Lass mich den Eimer tragen!”, schrie Stek und griff nach dem Blecheimer.
„Nein, ich“, antworte Evik.
„Ich schlage dir dein einziges Auge aus!“, und wie zur Untermalung donnerte Evik seine Faust mitten in das Gesicht von Stek. Der fiel laut plumpsend zu Boden. Doch er rappelte sich auf, dabei ließ er den Eimer los. Schnell wie eine Schlange griff sich Evik den Eimer und lachte laut.
„Gewonnen, gewonnen“, jubelte er wie ein kleines Kind. „Hier, nimm du die Harpune, Stek.“
Freudig nahm Stek die Harpune entgegen. Ein fieses Lächeln breitete sich auf seinem bärtigen, hässlichen Gesicht aus und entblößte den einzigen Zahn, der unten links seitlich schief herausragte. Er freute sich schon, dem Drachen mit der Harpune Schmerzen zuzufügen. Derart besänftigt und mit der Aussicht, den Drachen jaulen zu hören, trottete Stek neben Evik her.

Die beiden Stumps waren von ihrer vierköpfigen Gruppe losgeschickt worden, um Drachenfeuer zu besorgen. Die anderen beiden suchten inzwischen nach Reisig, um das Feuer zu entfachen. Und für dieses Feuer waren die beiden, Stek und Evik, verantwortlich. Sie sollten dem gefangenen Drachen das Feuer stehlen. Am besten funktionierte das natürlich mit Quälen, denn nur wenn ein Drache so richtig wütend ist, speit er auch Feuer. Bewaffnet mit Eimer und Harpune gingen die beiden also am Bachlauf vorbei und liefen durch das dichte Unterholz bis zum geheimen Eingang in den Berg. Am Eingang standen Fran und Jan. Die beiden Wachtposten hatten nicht viel zu tun und warfen gelangweilt Messer in einen Strohballen.

„Wohin des Weges?“, richtete Fran das Wort an Evik, welcher den Blecheimer hin und her schlenkerte.

„Drachenfeuer besorgen, wir haben oben am Bachlauf ein Lager aufgeschlagen, und damit wir ein Lagerfeuer machen können, brauchen wir Feuer, soll kalt werden heute“,

erwiderte Evik.
„Klingt gut, dann mal los, ihr beiden! Aber warte, nimm diese Rüstung, um dich vor dem Drachen zu schützen“, sagte Fran und warf Evik eine stählerne Rüstung zu. Evik nahm sie und legte sie an, doch bei dem Verschluss an den Schultern musste Stek ihm helfen, wobei er sich einen Finger quetschte und qualvoll jammerte. Die anderen drei nahmen dies zum Anlass, bösartig zu lachen.
„Ha, ich hoffe, der Drache wird noch mehr schreien!“
„Ja, heizt dem mal so richtig ein“, sagte Fran, „uns ist hier oben ziemlich langweilig, und ein paar Drachenschreie wären Musik in meinen Ohren.“
Laut johlend gingen sie hinab in das Verlies, in dem José saß. Knarrend öffneten sich die vielen Schlösser der alten, geteerten Holztür. José hatte die beiden schon lange vorher bemerkt, das Geschrei und Gejohle war unüberhörbar. Innerlich hatte er sich gewappnet für das, was jetzt kam. Doch als die beiden schauderhaften Kerle auf einmal vor ihm standen, ließ er die Schlappohren sin-

ken und schaute ängstlich.
„Na, Drache, wir benötigen dein Feuer, gibst du es uns freiwillig oder müssen wir es uns holen?“
José versuchte aus Leibeskräften, in den dargebotenen Eimer Feuer zu speien, doch es gelang ihm nicht, es kam nur ein bisschen Ruß.
„Da müssen wir wohl Gewalt anwenden“, sagte Stek und bohrte seine Harpune in die rechte Vorderpfote. José schrie auf. Animiert von Josés Schreien stieß Stek die Harpune in die seitliche Flanke des Drachen. Dieser Schmerz war so grausam, dass José dachte, er würde ohnmächtig. Er riss an seinen Ketten und wurde richtig wütend. Er spie Feuer aus seinem Maul und es war ihm dabei egal, ob er einen der Peiniger mit seinem Feuer versengte.
Doch nein, die beiden jubelten. Sie hatten nun ihr Drachenfeuer und verließen fröhlich die Höhle.
Beim Herausgehen fiel Stek etwas Braunes am Boden auf.
„Warte!“, sagte er und hob eine kleine brau-

ne Tasche auf, deren Ecke leicht angekohlt war. „Das scheint eine Trolltasche zu sein, mhhh … riech mal, sie riecht nach frischem Troll."

„Der kann noch nicht weit sein", erwiderte Evik, „los komm, den holen wir uns! Die anderen werden sich freuen, wenn wir mit Feuer und Abendessen zurückkommen."

Die beiden rannten los und achteten nicht darauf, ob sie die Tür richtig verschlossen hatten.

Kapitel 28

Swap in Gefangenschaft

Auf ganz leisen Sohlen schlich Swap aus dem Tunnel. Er war es gewohnt, sich leise zu bewegen, damit er nicht von den Stumps entdeckt würde. Doch heute war er unvorsichtiger. Ob es daran lag, dass ihn die Drachenschreie mehr berührten, als er zugeben wollte? Oder lag es an der Eile zu fliehen? Jedenfalls stolperte er über einen lockeren Stein am Boden. Er stolperte und fiel und es entwich ihm ein Schmerzensschrei: „Auuuuwww!“.

Als ihm bewusst wurde, dass er gerade laut geschrien hatte, hielt er sich sofort den Mund zu. Sein Herz pochte so laut, dass er dachte, man könne es hören. Angst erfasste ihn. Er konnte nur hoffen, dass man ihn nicht gehört hatte.

Gerade als er wieder wagte den Fuß aufzustellen, um weiterzulaufen, hörte er ein Rascheln im Gestrüpp. Er rührte sich nicht und hoffte, dass, was auch immer sich da bewegte, ihn nicht bemerken würde. Nach einer gefühlten Ewigkeit ging er vorsichtig

weiter.
Nach wenigen Sekunden hörte Swap jemanden rufen: „Jetzt!“. Erschrocken drehte er sich um, und in diesem Moment fand eine Schlinge den Weg um seinen Hals … Die Schlinge war das Ende eines Seils, das ein Stump böse lächelnd in der Hand hielt.
„Guter Wurf, Stek!“, rief einer der beiden Stumps anerkennend.
„Na, was haben wir denn hier“, sagte Stek und zog fest an der Leine.
Swap fühlte sich wie gelähmt, eben noch auf der Flucht und jetzt saß er in der Falle. Seine Gedanken rasten, er suchte einen Ausweg, doch die Schlinge um seinen Hals wurde immer enger, während der hässliche Stump fest daran zog und Swap schon seinen faulen Atem riechen konnte. Stek zog so lange, bis Swap nur eine Nasenlänge entfernt vor ihm stand.
Evik hielt ihm etwas Vertrautes vor die Nase.
„Na, Troll, gehört wohl dir, was? Hast du wohl bei deinen Raubzügen vergessen, hä? Hast gedacht, wir würden dich nicht bemerken, dich und dein verrottetes Trollpack.“

Swap zitterte und antwortete mit leiser, piepender Stimme: „Ich bin kein Troll, ich bin ein Lamere."
„Bah", sagte Evik, „wir wissen, was du bist, du blöder Troll, du bist nichts weiter als ein Gaumenschmaus für uns."
„Ja, genau", erwiderte Stek, der Stump, der ihn gefangen hatte, „unser Abendessen."
Swap traute seinen Ohren nicht, sie wollten ihn doch tatsächlich essen! Fieberhaft überlegte er, was er sagen könnte, damit sie von ihm abließen.
„Ich habe giftige Pilze gegessen", stammelte er.
Doch die Stumps rieben sich nur die Bäuche und riefen unisono: „Njam, Troll mit Pilzen!"
„Möchte wissen, wo du Pilze gefunden hast, wir hatten lange keine Pilze mehr", sagte Evik.
Während sie Swap wie einen Hund hinter sich herzogen, ließ dieser unbemerkt an einem Baumstumpf die zweite Tasche mit den Amethysten fallen. Denn er hatte Angst, die Stumps würden diese auch noch finden

und ihm wegnehmen.
Durch den Zug wurde die Schlinge um seinen Hals immer enger, er musste schauen, dass er mit den Stumps Schritt halten konnte. Nur so blieb ihm ein bisschen Luft zum Atmen, wenn sich die Schlinge nicht allzu fest zuzog. Er fühlte sich wie ein Lamm, das zum Schlachten geführt wird. Der Weg wurde unwegsamer. Sie überquerten den Bachlauf, indem sie über einen quergelegten Ast liefen.

Die Steine, die auch quer durch den Bach gelegt waren, waren den Entführern zu glitschig. Einmal wäre Swap fast ausgerutscht, doch die Schlinge um seinen Hals zog sich sofort fester, und er wurde wieder auf die Füße gehievt. Als sie endlich anhielten, entdeckte Swap noch zwei weitere Stumps; er wog seine Möglichkeiten ab: vier gegen einen. Das konnte nur schlecht für ihn ausgehen.
„Hey!", riefen seine Kidnapper, „wir haben Feuer und Abendessen mitgebracht." Beim Wort Abendessen deuteten sie auf Swap, der

sich immer unwohler in seiner Haut fühlte. Sein Blick fiel auf das Reisig und das Holz, das nur auf das Feuer zu warten schien, das Stek und Evik in ihrem Eimer bei sich trugen.

„Wir machen ein Spiel“, rief Evik.

„Oh ja!“, stimmten die anderen Stumps zu.

Evik schüttete das Drachenfeuer auf den Haufen aus Reisig und Holz, und das Ganze brannte wie Zunder. Im Schein der Flammen sahen die Gesichter der Stumps wie bösartige Fratzen aus.

„Wir hängen den Troll über das Feuer, hier an dem Ast können wir das Seil befestigen. Dann schießen wir Pfeile in den Strick; wenn wir treffen, fällt der Troll ins Feuer. Vorher reiben wir ihn noch mit Fett ein, damit er auch schnell brennt und nicht wegläuft.“

Ganz begeistert von seiner Idee stand Evik schon vor Swap und rieb ihn mit einer triefenden, stinkenden Pampe ein, die er aus einem Holzeimer schöpfte. Das Seil befestigte er um Swaps ganzen Körper.

Die anderen drei schauten zu und wetzten schon die Pfeilspitzen. Stek nahm das Ende des Seils in den Mund und kletterte mit den anderen drei den Baum hoch. Gemeinsam zogen sie an dem Seil und Swap wurde hochgezogen. Vollkommen eingewickelt konnte er sich kaum bewegen. Das stinkende Fett tropfte nach unten und kleine Feuerzungen schossen nach oben. Swap mochte sich gar nicht ausmalen, was passieren würde, sollte er herunterfallen. Er konnte für den Moment nur hoffen, dass alle schlechte Schützen waren.

„Ruhe!", rief da einer der Stumps, „könnt ihr den Kleinen singen hören?"

Nachdem die drei das Seil befestigt hatten und Swap unglückselig über dem Feuer hing, hielten alle vier Stumps die Hand ans Ohr. Stek schrie freudig: „Der fiept ja wie ein kleines Schweinchen!" Mit einem grässlichen Lachen nahmen sie die Bögen und die Pfeile und bezogen Position.

Kapitel 29

Selbstlose Tat

Als sie den Bach vor sich hatten, waren die drei erleichtert. Ismann bückte sich und füllte die Wasserflaschen, damit sie genug zu trinken hätten.

Auch durch das Rauschen des Baches konnte Ismann das Fiepen hören. Sharj und Osana blickten erschrocken auf.

„Was ist das für ein grauenvolles Fiepen?“, fragte Sharj.

„Es kommt ganz aus unserer Nähe und für mich klingt es, als ob jemand oder etwas Todesangst aussteht“, antwortete Ismann.

„José!“, ging es Sharj durch den Kopf, „halte durch! Wir kommen bald, und wo auch immer du sein magst, wir werden dich finden.“

Auf der anderen Uferseite sahen sie Rauch aufsteigen.

„José!“, rief Sharj.

Ismann legte den Zeigefinger auf die Lippen. „Psst, wir müssen uns anschleichen.“

Im Bach lagen dicke Steine, fast wie eine Brücke nebeneinander; sie ermöglichten das Überqueren des Baches.

Ismann baute sich vor den beiden Elfen auf. „Wir müssen jetzt überlegt handeln. Wir werden gemeinsam den Bachlauf überqueren und uns zunächst in dem hohen Gras auf der anderen Seite verstecken. Versucht bitte, keinen Lärm zu machen. Vom Gras aus können wir uns einen besseren Überblick verschaffen. Falls es wirklich José ist, den wir hören, müssen wir überlegt vorgehen, denn bestimmt haben die Wachen aufgestellt. Hier, nehmt das!“

Ismann reichte den beiden die Dolche, er selbst schulterte den Bogen und rieb die Pfeile mit einer Tinktur ein. Als er Sharjs fragenden Blick bemerkte, erklärte er: „Löffelblumentinktur, wirkt bei Stumps betäubend, ist aber für uns ungefährlich. – Gehen wir los“, fuhr er dann fort und führte die kleine Truppe sicher über die glitschigen Steine im Bachlauf.

Auf der anderen Seite duckten sie sich ins Gras und zuckten regelrecht zusammen, denn das Fiepen war lauter geworden. Es ging ihnen durch Mark und Bein. Ganz erschrocken schauten sie sich an. Ismann teilte das Gras und sie sahen eine grauenvolle Szenerie vor sich.

Vier Stumps schossen mit Pfeilen auf eine Kreatur, welche über dem Feuer hing. Von dieser Kreatur gingen die Schmerzensschreie aus, die sie als Fiepen vernommen hatten.
Leise sagte Ismann: „Das hier geht uns nichts an. Das sind Stumps und sie haben offensichtlich einen Lamere gefangen. Lasst uns weiterziehen."
Sharj wollte ihren Ohren nicht trauen. „Das ist doch Unrecht!", ereiferte sie sich. „Wir können diesen armen Lamere doch nicht seinem Schicksal überlassen."
„Willst du uns alle in Gefahr bringen?", fragte Ismann. „Die Lamere sind ein raffgieriges Volk. Sie bevölkerten früher die Berge und trieben Handel mit Edelsteinen, Stoffen und sonstigen Wertgegenständen. Sie denken nur an ihr eigenes Wohl", schloss er seine Erklärung.
„Sie bevölkerten Berge? Dann sind wir ja auf der richtigen Spur, du sagtest doch, dass

sie Drachen in Bergen verstecken. Lasst uns ihm helfen!"

Ismann überlegte und wiegte den Kopf hin und her. Mit der rechten Hand rieb er sich immer wieder über das Kinn und sagte schließlich: „Gut, ich denke, du hast recht, kleine Elfe. Ich werde nach rechts gehen, wir müssen zuerst die Stumps betäuben, sie stehen alle zusammen, das dürfte also leicht werden. Ihr beiden fliegt indessen auf den Baum. Schaut, das Seil ist dort oben befestigt. Sobald die Stumps betäubt sind, werde ich das Feuer löschen." Er zeigte auf die gefüllten Wasserflaschen. „Und ihr beide macht das Seil los.

„Klingt, als ob wir einen Plan hätten", sagte Osana.

„Ja, haben wir", sagte Ismann und ging nach rechts.

Sharj staunte nicht schlecht, als Ismann den Bogen spannte und ein Stump sich an den Hals griff und umfiel. Die anderen drei Stumps lachten über ihren Kumpanen, doch in Sekundenschnelle fielen auch sie zu Boden. Sharj und Osana flogen auf den Baum und warteten, dass Ismann das Feuer löschte. Als Ismann das dann tat, stieg den beiden sehr viel Rauch in die Nase und sie konnten nichts mehr sehen. Hustend suchten sie das Seil und begannen es zu lösen. Sharj flog mehrmals mit dem Seil um den Ast und sie hörten, dass der Lamere plumpsend nach unten fiel. Schon waren die drei Retter zur Stelle und wickelten ihn aus.

Swap wusste nicht, wie ihm geschah! Da waren doch tatsächlich drei Elfen, die ihm zur Hilfe eilten. Oder wollen sie ihm gar noch mehr Böses antun? Er war sich nicht sicher, ob er Hoffnung oder Angst spüren sollte.

Doch dann sah ihn die kleine Elfe mit der grünen Haut an und fragte: „Haben sie dir arg weh getan? Hast du Schmerzen?"

Als er diese liebliche Stimme vernahm, wusste Swap: Von diesen dreien ging nichts Böses aus.

Kapitel 30

Verletzter Drache

José lag vollkommen erschöpft auf der Erde und leckte sich seine Wunde an der rechten Vorderpfote. Der Schmerz war so schlimm! Auch seitlich in seinen Rippen hatte er große Schmerzen, doch war es ihm durch die Ketten unmöglich, auch nur den Kopf zu drehen. Sein großer Drachenkörper wurde immer wieder von Krämpfen heimgesucht und José wünschte, es würde aufhören. Er wünschte, dass alles nur ein Traum wäre und er gleich wieder aufwachen würde. Doch er wusste, so einfach war das nicht, all dies war real. Er spürte einen Luftzug, das ließ ihn nachdenklich werden. Zuvor hatte er den noch nicht gespürt. Hatten die beiden bösen Stumps etwa eine Tür offen gelassen? In José regte sich ein wenig Hoffnung. Wenn er sich doch nur besser bewegen könnte! Der Schmerz und die Ketten hinderten ihn daran, nachzusehen.

Er versuchte sich zu beruhigen und ließ die Situation nochmal vor seinem geistigen Auge ablaufen. Die Stumps waren hereingekommen, zwei an der Zahl. Sie trugen einen Eimer und piesackten ihn mit einem Speer, und er hatte Feuer gespien. Das Feuerspeien fühlte sich stark an, ja, er glaubte fast, wenn er das noch mal täte, könnte er die Ketten sprengen. Aber er fühlte sich so kraftlos.

Und wieder spürte er einen Luftzug, er spürte ihn zuerst an seiner Schwanzspitze und langsam merkte er, wie die Luft über seinen Rücken strich.

„Es muss doch einen Ausweg geben!", dachte er. „Wenn ich wütend werde, kann ich einfach Feuer speien. Dann könnte ich vielleicht die eine oder andere Kette lösen."

Während José über seine Situation nachdachte, lief aus seiner Verletzung an der seitlichen Flanke Blut. Mittlerweile hatte sich schon ein kleiner Bach gebildet und lief geradeweg in Richtung von Josés Gesicht. Seine Drachennase nahm den Geruch war, er neigte den Kopf zur Seite, soweit es die Ketten eben zuließen, und erstarrte.

„Blut!", schrie er, und als er zu begreifen begann, dass es sein Blut war, fiel er auch schon in Ohnmacht und es wurde schwarz um ihn.

Kapitel 31

Amur in geheimer Mission

Auf leisen Pfötchen folgte Amur den beiden Mädchen. Ihm war sehr wohl bewusst, dass das Mädchen, das sein Amulett aufgehoben hatte, etwas gespürt hatte. Auf dem Trampelpfad, auf dem die Mädchen gingen, war das Gras sehr niedrig und Amur hatte wenig Möglichkeiten, sich zu verstecken, deswegen vergrößerte er den Abstand. Die Mädchen kamen an einem Parkplatz vorbei und blieben stehen. Auf dem Parkplatz stand ein einziges Auto, ganz verlassen.

Er hörte, wie das Mädchen, das sein Amulett hatte, sagte: „Das ist doch der Wagen meines Vaters; komisch, was macht der denn hier?“

Tina sagte: „Bestimmt ist er joggen gegangen.“

Mona prustete vor Lachen. „Joggen, mein Vater? Nein, das kann ich mir beim besten Willen nicht vorstellen.“ Sie beließ es dabei und die beiden liefen weiter. Amur hielt sich in gebührendem Abstand und belauschte die beiden. Plötzlich kam ihm eine Idee. Wenn das Auto dem Vater des Mädchens gehörte, das sein Amulett hatte, musste er doch nur versuchen, in das Auto zu gelangen. Denn irgendwann würde der Vater ja zurückkommen, um das Auto zu holen. Und sicher würde das Mädchen auch bald nach Hause kommen, mit seinem Amulett. Er müsste dann nur abwarten und zuschlagen.

Er hoppelte voller Enthusiasmus zu dem Auto. Gerade war er angekommen, da näherte sich ein weiteres Auto. Darin saßen zwei Menschen, eine Frau und ein Mann. Als die beiden ausstiegen, sah Amur, dass die Frau sehr hübsch war, schulterlanges blondes Haar hatte, mittelgroß und schlank war.

Der Mann war ziemlich hässlich, er hatte fast gar keine Haare, einen birnenförmigen Kopf – und selbst Amur konnte einen ekeligen Schweißgeruch ausmachen. Diesen Geruch ordnete er dem Mann zu. Die beiden gingen auf das parkende Auto zu. Amur näherte sich ganz unauffällig. Das war mittlerweile seine Spezialität geworden. Die Frau umarmte den Mann und dieser öffnete die

Fahrertür. In diesem Moment sprang Amur in das Auto und verkroch sich hinter dem Fahrersitz. Er hörte ein schmatzendes Geräusch und die Worte „bis später, mein Liebling“. Der dicke, hässliche Mann klemmte sich hinter das Steuer, das konnte Amur sich durch die Stöhngeräusche ausmalen, außerdem bewegten sich die Federungen des Sitzes gefährlich nah in Richtung Boden. Amur dachte, dass er doch großes Glück hatte, dass er sich nicht unter den Sitz gesetzt hatte, dann wäre er jetzt nämlich plattgedrückt worden. Das Auto setzte sich in Bewegung. Amur hatte Mühe, nicht wie ein Ball hin und her zu rollen, und so grub er seine kleinen Krallen in den Teppichflor.
Der hässliche Mann gab ziemliche Schmatzgeräusche von sich und ab und zu trällerte er eine Melodie, welche Amur vollkommen unbekannt war. Plötzlich hörte er mehrere Knalltöne. Amur hätte vor Angst fast einen Satz in die Luft gemacht. Doch er beherrschte sich. Schließlich ging es darum, wieder zurück in sein Königreich zu kommen, und da musste er ausharren. Nachdem die Knalltö-

ne verklungen waren, machte sich ein bestialischer Gestank im Auto breit. Der hässliche Mann trällerte

„Oh, oh, ein Tönchen, doch ich aß ja gar kein Böhnchen.“

Amur konnte sich keinen Reim darauf machen. Er hoffte nur, dass die Fahrt bald vorbei sein würde. Unter dem Fahrersitz lag allerhand Zeugs herum. Amur sah einen angegessenen Apfel, eine zerknüllte Zeitung sowie mehrere benutzte Papiertaschentücher. Dieser Mann scheint nicht gerade ordentlich zu sein, ging es Amur durch den Kopf. Da er nicht wusste, was er tun sollte und wie lange die Autofahrt noch dauern würde, angelte er mit seinem Pfötchen nach dem Apfel und der Zeitung.

„Warum nicht, ich habe Hunger und aus der Zeitung bekomme ich vielleicht ein paar Neuigkeiten mit.“ Als Amur den ersten Ekel überwunden hatte, knabberte er an dem Apfelrest und begann, die Zeitung zu lesen. Weit kam er nicht, denn das Auto bremste und der hässliche Mann stoppte das Auto. Amur wappnete sich.

Mit lautem Gestöhne öffnete der Fahrer die Autotür und stieg umständlich aus. Amur war ganz unauffällig herausgesprungen, als die Tür einen kleinen Spalt breit offen war. Er versteckte sich unter dem Auto. Der Mann begrüßte die hübsche Frau und beide gingen auf ein Haus zu. Amur folgte den beiden. Doch kurz bevor er an der Haustür war, schlug diese zu. Er war zu langsam gewesen, er musste sich etwas anderes ausdenken.

Kapitel 32

Swap vernahm die liebliche Stimme der Elfe, sie wollte wissen, ob er Schmerzen hätte.
„Ja, ich habe große Schmerzen."
Ismann rief: „Wir müssen ihn hier wegbringen, die Betäubung bei den Stumps wird nicht mehr lange anhalten." Zu dritt hoben sie den Lamere auf und trugen ihn zum Bachlauf.
„Und wohin jetzt?", fragte Osana Ismann.
„Ihr beiden nehmt ihn in eure Mitte und fliegt mit ihm über den Bach in Richtung des Berges. Dort seht ihr eine Lichtung, ich komme dorthin gelaufen, beeilt euch aber bitte."
Die beiden Elfen nahmen den Lamere in ihre Mitte und flogen los. Swap, der noch nie geflogen war, hatte fürchterliche Angst und jammerte.
„Schscht, still bitte, man könnte uns hören."
Swap, dem plötzlich bewusst wurde, dass sie ja immer noch in Gefahr waren, verstummte natürlich sofort und blickte dankbar in Osanas Gesicht.

Auch Ismann machte sich auf den Weg, er hörte noch, wie die Stumps wieder erwachten.
Einer rief: „Unser Essen ist weg!“
Ismann rannte so schnell er konnte, ehe die Stumps beginnen konnten, nach „ihrem Essen“ zu suchen. Als er an der Lichtung ankam, sah er Sharj und Osana über dem Lamere knien.
„Er ist schwer verletzt!“, rief Sharj, als sie Ismann sah. Auch er kniete sich nieder. Er legte seine Hand auf die Stirn des Lamere. Dieser schien hohes Fieber zu haben.
„Reißt euch Fetzen von den Kleidern und macht diese im Bach feucht“, wies Ismann die beiden Elfen an. Diese taten wie geheißen. Als Sharj versuchte, vom Saum ihres Kleides kleine Stoffstücke zu reißen, fiel etwas aus ihrem Kleid, sie hob es auf. Es war die kleine Phiole mit der Wasserprobe aus dem See an ihrer Schule! Sie wollte diese schon im Gras liegen lassen, als sie sich besann und sie aufhob. Sie benetzte ihre Stofffetzen im Bach und lief wieder zu dem Lamere. Behutsam legten sie ihm das nasse

Gewebe auf die Stirn.
„Dies hier wird sein Fieber senken“, rief Ismann, der in beiden Händen Büschel von Gräsern trug. „Das ist Lapsulicum, wir müssen es auspressen und ihm einflößen.“
Er nahm wie zur Untermauerung seiner Worte ein kleineres Büschel Lapsulicum in die Hand, machte eine Faust und hielt diese über den Mund des Lamere. Er presste die Faust ganz fest, sodass einige Tropfen aus dem Gras genau in den halb geöffneten Mund des Verletzten tropften. Der war vollkommen weggetreten. Sharj hatte Angst, dass sie zu spät gekommen waren, um ihn zu retten. Doch auch sie nahm ein Büschel des Lapsulicum und presste den Saft aus. Der Lamere begann zu schlucken und seine Augenlider flatterten. Langsam öffnete er die Augen und versuchte zu sprechen.
„Ihr seid so selbstlos, ich verdanke euch mein Leben.“
Plötzlich wurde es stockdunkel um die vier. Und sie fühlten eine eisige Kälte. Schützend stellten sie sich um den Lamere, denn sie dachten, dass die Stumps im Anmarsch wä-

ren. Es wurde von oben strahlend hell, fast wie Mondschein, und sie spürten einen kalten Luftzug. Dieser wurde durch das Flügelschlagen eines riesigen Vogels verursacht. Der Vogel ließ sich vor den vieren nieder und beäugte sie mit seinen großen Augen. Sharj erkannte in dem Vogel eine Eule und instinktiv verbeugte sie sich. Die Eule betrachtete dies mit Wohlwollen und begann zu sprechen.

„Hunderte von Jahren brauchte mich niemand, doch jetzt habt ihr mich gerufen. Sagt, was ist euer Begehren?“

Die vier starrten die Eule mit offenen Mündern an. Sharj, die als Erste ihre Fassung wiedererlangte, fasste sich ein Herz.

„Verehrte Eule, wie darf ich euch nennen, mich selbst nennt man Sharj.“

„Sharj, das ist ein schöner Name, ich heiße Qewabzara, aber nennt mich einfach Orakel.“

Sharj brauchte einen Moment, um zu verstehen. Sie bemerkte gar nicht, dass ihre Freunde wie versteinert waren. Sharjs Beine fühlten sich wie Gummi an, fast wäre sie

in Ohnmacht gefallen. Sie konnte es nicht glauben, das Orakel gefunden zu haben!
„Liebes Orakel“, richtete sie das Wort an die Eule. „Ich kam mit meinem Freund José von einer anderen Welt in die eure, um euren König zu retten. Mir wurde aufgetragen, das Wasser des Lebens zu finden. Unglücklicherweise wurde mein Freund, ein Drache, gefangen genommen von den Stumps. Diese beiden Elfen hier möchten mir helfen, meinen Freund zu finden, dabei stießen wir auf den Lamere, den wir aus den Fängen der Stumps befreien konnten.
Doch meinen Freund suchen wir immer noch. Liebes Orakel, kannst du uns bitte helfen?“

Qewabzara hörte zu, ihr leises Flügelschlagen ließ kalte Nebelschwaden aufsteigen. Ihre gelben Augen drehten sich immer wieder, sodass ein schlangenartiges Muster in ihnen entstand.
„Hört zu“, sprach das Orakel, „der König ist noch am Leben, doch in ein paar Stunden könnte er sterben. Das, was ihr sucht, habt

ihr bereits, Sharj. Doch ihr benötigt ein Gefäß. Dieses Gefäß ist im Besitz eures Freundes, des Drachen. Findet ihn und rettet den König."

Noch bevor Sharj zur einer weiteren Frage ansetzen konnte, war das Orakel verschwunden. Sharj schaute zu ihren Freunden.

„Habt ihr das gehört? Was kann sie gemeint haben?"

„Was meinst du, was soll wer gemeint haben?", wunderte sich Osana.

„Die Eule, das Orakel!", rief Sharj in die verständnislosen Gesichter der drei anderen, doch jeder schüttelte nur den Kopf. Sollte sie sich so geirrt haben? Sharj blieb fest.

„Das Orakel sagte, ich habe das, was ich suche, schon bei mir, aber außer meinem Kleid habe ich nichts."

Doch während sie diese Worte aussprach, fiele ihr die Phiole wieder ein. Sie holte sie hervor und schlug sich mit der flachen Hand gegen die Stirn. Eine Geste, die ihr Chemielehrer immer machte, wenn mal wieder ein Experiment nicht klappte.

„Ja, das ist es, das ist es! Aber mir fehlt noch

etwas, und das hat José. Wir müssen ihn finden. Los, lasst uns gehen."
„Wen sucht ihr denn?", fragte der Lamere, „vielleicht kann ich helfen, ich komme viel herum. Übrigens, ich heiße Swap, es wäre mir eine Ehre, euch zu helfen, denn schließlich verdanke ich euch mein Leben."
„Wir suchen meinen Freund, einen Drachen, er wurde wie du von den Stumps gefangen genommen."
Swap fing an zu lachen.
„Ihr sucht einen Drachen?"

Kapitel 33

Diener der Könige

Müde rieb sich Ambax immer wieder die Augen. Seit drei Tagen und Nächten wachte er neben seinem König Sloma. Letzte Nacht war König Sloma in ein Koma gefallen, es hatte den Anschein, er würde schlafen. Doch das tat er nicht, den Schmerzen und der Krankheit hatte sein Körper einfach nicht mehr standhalten können und so fiel er ins Koma. Immer wieder fühlte Ambax den Puls seines Königs, um sicherzugehen, dass er lebte. Die Priester brachten ihm jeden Tag eine Suppe mit Kräutern und Ambax versuchte, dem König die Suppe sachte und löffelweise zu verabreichen. Doch jetzt lag der König einfach nur da und konnte nicht mehr schlucken. Ambax nahm ein Tuch, tauchte es in die Suppe und benetzte immer wieder die Lippen des Königs. Währenddessen sprach er unablässig Gebete, dass Amur doch wiederkehren möge. Wenigstens, so dachte Ambax, dass Amur den König nochmal sehen könnte, bevor der starb.

Während Ambax bei seinem König wach-

te, bekam König Maloc aus dem Dornental eine wichtige Nachricht.
„Was redet ihr, ihr dummen kleinen Stumps?“, schrie Maloc die vier Stumps an.
„Wir wurden überfallen“, sagte Evik, „es waren riesengroße Monster“, fügte Stek zur Bestätigung an.
„Ihr sollt wachsam sein und euch nicht überfallen lassen, und überhaupt, welche Monster sollen das sein?“, wollte der böse König Maloc wissen. „Geht zurück und bringt mir den Drachen, wir werden ihn töten und König Sloma den Kopf des Drachen als Kriegserklärung zukommen lassen. Versammelt alle Stumps hier zur morgigen Mitternacht, dann soll der Drache sterben. Bald schon wird uns das Mispeltal gehören, wir werden alle unterjochen und diese Elfen werden uns schon bald dienen. Jetzt geht schon, holt mir den Drachen.“
Mit diesen Worten und einem gehässigen Lachen schloss König Maloc seine Ansprache und die vier Stumps machten sich auf den Weg. Sie liefen aus dem Schloss, denn auch ihnen machte König Maloc Angst. Stek

blieb stehen.
„Was ist, wenn der König herausbekommt, dass wir gar nicht wissen, wer uns überfallen hat?“
„Das müssen wir erst mal selbst in die Hand nehmen, ich vermute, es waren andere Trolle oder Lamere.“ Das Wort Lamere sprach Evik sehr gehässig und zischend aus. „Wir gehen zurück zu diesem Platz und suchen dort nach Spuren.“
„Und wir müssen unbedingt ein Schläfchen halten, wir sind so müde ...“, unterbrach einer der Stumps die Absichten von Evik.
Alle nickten und so schloss Evik: „Gut, dann lasst uns gehen, aber wir holen noch Fran und Jan ab. Dies ewige Wachehalten macht doch nur müde.“
Und so trotteten die vier gemächlich zu den beiden Wachen. Diese warfen immer noch gelangweilt Messer in die Strohballen.
„Hey, ihr beiden!“, rief Stek grinsend und entblößte seinen schiefen Zahn, „wir gehen alle zum Lager, kommt mit, ihr könntet eine Pause gebrauchen!“
„... ist eine Anweisung von König Maloc“,

fügte Evik hinzu.
Jan und Fran schauten sich an, zuckten mit den Schultern, steckten die Messer in die Taschen und gingen gemeinsam mit den anderen zum Lager.

Kapitel 34

Das Amulett

„Mona, siehst du eigentlich, dass wir einen riesigen Umweg machen, nur weil du Angst vor einem Hasen hast?”

„Ja, war gar nicht von mir beabsichtigt, aber ich glaube, der ist weg. Und es stimmt, wir sind total in der falschen Richtung“, bestätigte Mona. – Ich müsste mal dringend für kleine Mädchen“, jammerte sie dann.

Tina lachte. „Hier ist doch überall Platz.“

„Du glaubst doch nicht, dass ich mich wie ein Hund hinsetze – wo doch überall diese Krabbeltierchen sind.“

„Dann lass uns schnell zu dir nach Hause laufen, vielleicht fährt uns deine Mutter dann wieder in die Schule. Da vorne ist nämlich eure Wohnsiedlung.“

Tatsächlich führte der Trampelpfad an die Hauptstraße, und bereits wenige Meter entfernt begann die Siedlung.

„Ja, das wäre in jedem Fall besser, als zu Fuß zur Schule zurückzulaufen, sonst ist Frau Miller ungehalten, dass wir so viel Zeit vertrödelt haben“, sagte Mona und beide Mäd-

chen eilten zum Haus der Meyers. Dort angekommen nahmen sie gar keine Notiz von dem Hasen, der sich unter der Eingangstreppe versteckte, und als Mona die Tür aufschloss, huschte der Hase wie selbstverständlich mit ins Haus.
Mona rief: „Mama, Papa – bin kurz mit Tina hier, weil ich auf Toilette muss und wir uns etwas verlaufen haben.“
Sie wartete nicht auf Antwort, sondern rannte ins Bad im ersten Stock. Als sie fertig war, kam ihr noch die Idee, das Amulett zu verstecken – nicht, dass sie wieder diesem Hasen begegnete. Sie ging in ihr Zimmer und legte es in ihre Schmuckschatulle. Als sie es anfasste, wurde das Amulett wieder warm.
„Unheimlich“, dachte sie und schloss die Schatulle. Den Schlüssel dazu legte sie in ihre Nachttischschublade.
Claudia kam in den Flur und sah Tina. „Hallo Tina, solltet ihr denn nicht in der Schule sein?“
„Schon, aber wir haben Projekttage und mussten eine Wasserprobe aus dem See nehmen; irgendwie haben wir uns verlaufen, und

da Mona so dringend auf die Toilette musste und wir schon ziemlich nahe an Ihrem Haus waren, dachten wir, Sie würden uns eventuell wieder zur Schule fahren."
Mona eilte die Treppen herunter.
„Mama, fährst du uns schnell wieder in die Schule?"
„Ja klar, mache ich."
Schnell verschwand Claudia im Wohnzimmer und sprach mit Otto. Es waren nur gedämpfte Stimmen zu vernehmen. Mit dem Schlüssel in der Hand verließen sie das Haus und Claudia fuhr die beiden Mädchen in die Schule.

„Puh", dachte Otto, „nicht auszudenken, wenn Mona etwas mitbekommen hätte. Man kann nie vorsichtig genug sein."
Müde und gähnend streckte er seine fetten, schwabbeligen Arme in die Höhe und legte sich aufs Sofa. Schon kurz danach schlief er ein und schnarchte ziemlich laut. Immer wenn er ausatmete, spuckte er tröpfchenartigen, übel riechenden Speichel aus. Amur, der ganz nahe bei ihm saß, sprang

erschrocken zurück, als das erste Speicheltröpfchen auf seiner Nase landete. Dabei stieß er einen Stapel Zeitungen um, die auf dem Tisch lagen. Erschrocken verkroch er sich unter dem Tisch und ließ Otto nicht aus den Augen. Doch der verstärkte nur sein Schnarchen, sodass es kurzzeitig einen schnelleren Rhythmus hatte, der klang wie grrrrbzbzbzgrrrbzbz. Amur beobachtete den schlafenden Otto noch eine Weile und als er sicher war, dass ihm keine Gefahr drohte, verließ er sein Versteck und hoppelte in den Flur. Von hier führte eine Treppe nach oben. Amur hatte gesehen, dass das Mädchen dort hochgegangen war. Er konnte spüren, dass sein Amulett dort irgendwo war!

„Also hat das Mädchen es da gelassen", dachte er.

Er spitze noch einmal seine Lauscher, doch er hörte nichts als das gleichmäßige Schnarchen, also beschloss er, die Treppe hochzuhoppeln. Oben war ein Flur, zu beiden Seiten gingen Zimmer ab. Rechts waren drei Zimmer, ein Bad und zwei Schlafzimmer.

Links gab es einen Abstellraum und ein weiteres, größeres Schlafzimmer. Amur wollte schon ins erste Zimmer auf der rechten Seite gehen, als etwas, was sich in dem linken Schlafzimmer befand, seine volle Aufmerksamkeit beanspruchte: Dort auf dem Bett lag ein buntes Hemd. Es schien unachtsam ausgezogen worden sein und es roch schlecht. Amur konnte den Geruch dem dicken schnarchenden Mann zuordnen. Aber dort lag noch etwas. Amur hopste auf das Bett und direkt vor ihm lagen Haare. Wie komisch, auch die Haare rochen komisch.
Plötzlich erinnerte sich Amur an den Mann, der so schnell gelaufen war. Wie kommen wohl seine Sachen hierhin, wunderte er sich. Da fiel Amur ein, dass er den Schlüssel von diesem Mann hatte. Er überlegte kurz, ob er den Schlüssel einfach zu den Sachen legen sollte, denn wenn die Sachen dem Mann hier gehörten, könnte er doch auch den Schlüssel dazulegen. Aber irgendetwas störte Amur, und so unterließ er den Versuch und sprang wieder vom Bett. Er musste schließlich sein Amulett finden, dann konnte er endlich wie-

der in seine Welt zurück.
Er erinnerte sich an die Worte der Priester: „Sobald das Mädchen und sein Freund die Mission erfolgreich abgeschlossen haben, benutze dein Amulett und komme zurück. Das Amulett wird violett werden, und du hast dann nur zwei Minuten nach deren Zeit, um in unsere Welt zurückzukommen. Sollte die Mission scheitern, ist deine Rückkehr ungewiss.“

Amur wandte sich in das erste Zimmer auf der rechten Seite, hier war alles ordentlich, offensichtlich wohnte hier ein junges Mädchen. Auf dem Nachttisch stand ein Bild, das eine glückliche Familie zeigte, im Hintergrund ein kleines Privatflugzeug. Das Gesicht des Mädchens, das so offen mit den Eltern in die Kamera lachte ...
„Dieses Gesicht“, dachte Amur, „das ist doch Sharj!“
Diese Erkenntnis traf ihn wie ein Schlag. „Ich bin in ihrem Zimmer“, dachte er. Wie gerne hätte er sich noch umgesehen, doch er musste das Amulett finden.

So hoppelte er ins nächste Schlafzimmer und hier herrschte ein Tohuwabohu. Alles lag überall auf dem Boden, Wäschestücke, Schuhe, Stifte und Essensreste. Die Wände waren mit Postern beklebt und es herrschte ein heilloses Durcheinander. Doch Amur spürte etwas, er spürte, dass sein Amulett hier sein musste.

„Dies muss das Zimmer des blonden Mädchens sein, das mein Amulett hat", dachte er. Doch wo sollte er beginnen zu suchen?

Er beschloss, sich in die Mitte des Zimmers auf einen zerschlissenen Teppich zu setzen und sich so einen Überblick zu verschaffen.

Kapitel 35

Befreiung des Drachens

„Einen Drachen sucht ihr? Einen Drachen sucht ihr?"

Immer wieder wiederholte Swap diesen Satz und schlug sich dabei lachend die Hand auf das Bein. Die Elfen schauten ihn verwirrt an.

„Entschuldigt", sagte Swap, „das ist das Verrückteste, was ich jemals gehört habe."

Sharj sank das Herz in die Hose. Sie hatte gedacht, dass Swap etwas wusste – so lachte er doch nur, weil er es komisch fand. Sie senkte bekümmert den Kopf

„Es mag dir komisch erscheinen, doch der Drache ist mein Freund und das Wichtigste in meinem Leben. Ich muss ihn finden."

„Ja, und wir werden ihn jetzt holen, ich weiß nämlich, wo dein Freund ist."

Sharj glaubte sich verhört zu haben.

„Du weißt, wo er ist?"

„Ja, und ich kenne auch den Weg dorthin, lasst uns gehen."

„Stopp, sagte Ismann, „wir müssen zuerst die Lage besprechen. Woher weißt du das

alles?“
Swap, der schon aufgestanden war, setzte sich wieder. Sharj ließ sich vor ihm nieder und schaute ihm flehend in die Augen.
„Bitte erzähle uns alles, was uns helfen kann!“
Und Swap begann zu erzählen. Er erzählte von dem Tunnel und dass er einen Drachen gehört hatte. Allerdings ließ er die fürchterlichen Szenen aus, in welchen der Drache schmerzerfüllt schrie, denn er wusste, dass der kleinen Elfe viel an dem Drachen lag. Da die drei ihn befreit und sein Leben gerettet hatten, schwor sich Swap, dass er sie zum Drachen bringen würde. Das war das Mindeste, was er tun konnte.

„Gut“, sagte Ismann, „wir müssen auf der Hut sein, die Stumps sind sicher ausgeschwärmt und werden nach Swap suchen.“
Er nahm aus seinem Köcher neue Pfeile und hielt die Spitzen in die Löffelblumentinktur, die er immer bei sich trug.
„Nehmt das“, sagte er und reichte Swap und Sharj je einen Bogen. Sich entschuldigend

sagte er zu Osana: „Ich habe leider nur drei Bogen, aber hier, nimm das Messer“, auch dieses tauchte er in die Tinktur.
Swap sagte: „Ich kenne den schnellsten Weg, kommt hinter mir her.“
Und mit diesen Worten setzte er sich an die Spitze der Truppe und führte die drei zum Berg Salmar, in dem José der Drache schwer unter seinen Schmerzen litt.
Ismann schloss zu Swap auf und fragte ihn so leise, dass die beiden anderen es nicht hören konnten: „Sag, ist der Drache verletzt?“
„Ja, ist er. Sie haben ihn fürchterlich gequält, ich wollte es nicht vor der kleinen Elfe aussprechen – ich bin mir nicht mal sicher, ob er noch lebt.“
„Wir müssen unbedingt Ferranium suchen“, rief Ismann den beiden Elfen zu, die gerade aufschlossen. „Das ist ein niedriges, stacheliges, blauschimmerndes Kraut, es wächst gerne unter Farnen. Passt beim Anfassen auf, damit ihr euch nicht verletzt. Sharj, bitte suche in dieser Richtung, und du, Osana, in dieser.“
Ismann zeigte in die verschiedenen Rich-

tungen. Sharj wollte protestieren, doch sie erkannte an Ismanns Blick, dass er keine Widerrede duldete. So flog sie schnell in die genannte Richtung. Osana tat es ihr gleich, doch im Gegensatz zu Sharj wusste sie, wozu man dieses Kraut benutzte.

Während die beiden Elfen auf der Suche nach dem Kraut waren, machten sich Ismann und Swap daran, Wasser zu erhitzen. Dazu mussten sie eine kleine Feuerstelle errichten. Hier war Vorsicht geboten, durch den Rauch könnten die Stumps jederzeit auf sie aufmerksam werden.

Sharj fand zuerst das schimmernde blaue Kraut. Wie Ismann ihr aufgetragen hatte, war sie sehr vorsichtig und sammelte eine beachtliche Menge ein. Sie sah in der Nähe Rauch aufsteigen und machte sich Sorgen, schnell machte sie sich auf den Rückweg. Das Fliegen fiel ihr gar nicht mehr so schwer wie am Anfang, wäre der Anlass nicht so betrüblich, hätte es ihr sogar Spaß gemacht. Sie erkannte, dass der Rauch aus der Gegend kam, in welcher Ismann und Swap geblieben waren. Sie flog schneller, und als sie landete,

war auch schon Osana dort und Sharj sah, dass es sich bei dem Rauch nur um einen Kessel über einer Feuerstelle handelte, in dem eine Flüssigkeit brodelte.
Ismann wies Sharj an: „Bitte gib die Kräuter in das Wasser!“
Sharj tat wie geheißen und gab die Kräuter in die kochende Flüssigkeit. Ismann nahm aus einem seiner Behälter eine fettige Paste und gab diese ebenfalls in das Wasser. Vorsichtig nahm er dann den Topf von der Feuerstelle.
„Jetzt muss es nur noch erkalten.“
„Das kann dauern“, sagte Swap, „und vielleicht verschwenden wir damit Zeit, die wir nicht haben.“
Sharj hatte die ganze Zeit geschwiegen; nun traute sie sich endlich zu fragen: „Was bewirkt denn dieses Ferranium, und warum benötigen wir das?“
Ismann war zunächst überrascht, hatte er doch gedacht das Sharj als Elfe das alles wüsste. Er hatte vergessen, dass Sharj gar nicht aus seiner Welt stammte. Er entspannte sich und erzählte gutmütig:

„Das Ferranium ist ein Kraut, welches die Elfen hauptsächlich im Krieg benutzt haben. Es ist ein bisschen in Vergessenheit geraten, weil wir mit König Sloma ja friedliche Zeiten hatten. Man macht aus dem Kraut eine Paste und trägt sie auf die Drachen auf, damit sind sie unverwundbar, weil sie dadurch eine Stahlrüstung bekommen. Das hält zwar nur für eine kurze Zeit an, ist aber sehr effektiv. Außerdem unterstützt es die Wundheilung."
Sharj staunte. Dann rief sie: „Schau, es ist schon fest geworden!"
Alle schauten in den Topf und tatsächlich war schon eine feste Masse zu erkennen. „Also", sagte Ismann, „wir nehmen den Topf so mit, damit die Paste unterwegs weiter abkühlen kann. Swap, bitte zeige uns den Weg."
Swap ging gut gelaunt voraus, er war stolz darauf, seinen neuen Freunden den geheimen Eingang zu seinem selbst gegrabenen Tunnel zeigen zu können.

Kapitel 36

Die Lieferung

Amur saß auf dem Teppich und musterte aufmerksam seine Umgebung. Er schaute zur Tür, hier sah er nichts, wo man ein Amulett hätte hinlegen können. Dort sah er die Tür und einen Lichtschalter. Er ließ den Blick nach links wandern. Die Wand war mit Postern gepflastert. Bei manchen hingen die Ecken lieblos herunter, andere waren über und über mit Klebestreifen beklebt.

„Nein, hier kann mein Amulett auch nicht sein", dachte Amur.

Sein Blick schweifte über ein Regal, das musste er mal aus der Nähe betrachten. Leider konnte er von seiner Position aus nicht auf die oberen beiden Bretter sehen. Er war einfach zu klein. Er begann zu hüpfen, so hoch, dass er sie einen kurzen Moment in Augenschein nehmen konnte. Nein, außer irgendwelchen Büchern war da nichts, was mit dem Amulett in Verbindung zu bringen wäre. Das gesamte Regal erwies sich als uninteressant. Jetzt stand er vor dem Kleiderschrank, der sich genau neben dem Regal befand. Die Tür ließ sich leicht öffnen, weil unten ein Kleidungsstück eingeklemmt war. Amur huschte hinein und er war von Dunkelheit umgeben, er schnupperte an Kleidern und Schuhen und kam schnell zu der Erkenntnis, dass auch hier nichts war. Er sprang aus dem Schrank.

Dann sah er sich das angrenzende Bett näher an. Mit einem Sprung saß er mitten darauf. Sein Herzschlag beschleunigte sich, er spürte die Nähe seines Amulettes. Er schnüffelte an der Bettdecke und an den Kopfkissen. Sein Herzschlag wurde immer lauter. Er hatte das Gefühl zu zerspringen. Plötzlich sah er es – eine Schatulle mitten auf dem Nachttisch! Er versuchte sie zu öffnen, doch sie war verschlossen. Sein Amulett musste dort drinnen sein!

„Verflixt", dachte er, „ich muss diese Schatulle öffnen. Ich brauche den Schlüssel!" Und schon versuchte er mit dem gefundenen Schlüsselbund die Schatulle zu öffnen. Er versuchte jeden Schlüssel, doch keiner passte, sie waren alle viel zu groß.

„Es muss sich um einen kleinen Schlüssel

handeln, der silbern ist, genau wie der Beschlag an der Schatulle. Aber wo legt ein Menschenkind einen Schlüssel hin? Wenn man etwas abschließt, dann versteckt man normalerweise den Schlüssel, denn man will ja nicht, dass es jemand einfach öffnet."

Amur war überrascht von seiner eigenen Logik.

„Hm", dachte er weiter „das bedeutet, dass der Schlüssel nicht offen herumliegt, sondern weggesperrt ist, vielleicht in einer Schublade."

Sein Herz machte richtige Hüpfer, als sein Blick auf die Nachttischschublade fiel, sein kleiner Körper zitterte, als er sich unter die Schublade setzte und versuchte, sie ein bisschen zu öffnen. Er stellte sich auf die Hinterpfoten und stieß mit der Nase gegen den Rand der Schublade – und diese begann sich zu bewegen. Er schob immer weiter und hopste wieder hoch, um zu kontrollieren, ob der Spalt groß genug war. Mit seiner Vorderpfote und wieder mit seiner empfindlichen Hasennase stieß er immer wieder in den kleinen Spalt der Schublade, und diese ließ

sich aus dieser Position noch etwas öffnen. Er ging mit seinen Augen ganz nah an den Spalt, um hineinlugen zu können. Und er sah etwas Silbernes! Mit seiner Pfote angelte er danach und hatte es kurz darauf geschafft.
Es war der Schlüssel zu der Schatulle, dessen war sich Amur sicher. Ehrfürchtig betrachtete er ihn und bebend führte er ihn in das Schloss der Schmuckschatulle, und als er ihn drehte, sprang der Deckel auf. Amur sah sein Amulett und sein ganzer Körper zitterte vor Freude. Er war gerettet. Jetzt konnte nichts mehr schiefgehen, dachte er.
Otto lag auf der Couch und schnarchte vor sich hin. Er träumte von wunderbaren Engeln, welche ihm Essen servierten, und von gebratenen Vögeln, welche automatisch in seinen Mund flogen. Ein Engel war so wunderschön, hatte kleine Glöckchen an den Füßen und der Engel tanzte und die Glöckchen an seinen Beinen klingelten … und klingelten … lauter ... immer lauter.
Fast verschluckte er sich an seinem übel riechendem Speichel. Die Türklingel wollte nicht aufhören zu läuten.

„Ja, ich komme ja schon!“, rief Otto und quälte sich von der Couch. Er machte sich nicht einmal die Mühe, sein Hemd zu schließen, und öffnete die Tür. Vor ihm stand ein Paketbote mit einem Päckchen in der Hand.
„Lieferung für einen, ähm, Herrn Hund.“
Otto wollte schon sagen, dass er keinen Hund habe, doch dann wurde ihm bewusst, um welches Paket es sich hier handelte.
„Hund, ja, das bin ich.“
„Gut, dann bitte einmal unterschreiben.“
Der Paketbote hielt Otto den Lieferschein unter die Nase und Otto unterschrieb umständlich, da er nicht gewohnt war, mit dem Namen Hund zu unterschreiben. Der Paketbote übergab ihm das Päckchen und kehrte kopfschüttelnd um.
„Da hol mich doch der Teufel, der Typ stinkt wie ein Köter und heißt dann auch noch Hund! Sachen gibt’s.“
Als Otto die Tür hinter dem Boten verschlossen hatte, stieß er einen Freudenschrei aus. „Ja, jetzt habe ich dich, du kleine Göre, bald wirst du sterben! Dann bist du tot und ich bin reich.“

Amur, der sein Amulett mittlerweile wieder um seinen Hals trug, saß oben versteckt am Treppenabsatz und beobachtete die Szene mit dem Paketboten. Er hörte jetzt, wie der hässliche Mann diese schrecklichen Worte sang. Eigentlich wollte er verschwinden, aber die Situation ließ ihn innehalten. Heimlich beobachtete er, wie Otto ungeduldig das Paket aufriss, ein Glasfläschchen herausholte und den Karton achtlos in die Ecke warf. Wie einen kostbaren Schatz hielt Otto das Flakon in die Höhe, betrachtete es von allen Seiten und rief freudig:
„Das wird das Ende unserer Not, nur ein paar Tropfen – und Sharj ist für immer tot."
Amur traute seinen Ohren nicht. Was hatte dieser Mann mit Sharj vor! Er konnte jetzt nicht einfach gehen, Sharj war schließlich unterwegs, um seinen König und sein ganzes Reich zu retten. Amur saß in der Zwickmühle.
Amur hörte ein Auto und kurz darauf kam die schöne Frau wieder nach Hause. „Claudia, Liebste", hörte Amur den hässlichen Mann sagen, „unsere Träume werden wahr.

Schau, die Lieferung ist gekommen."
„Fantastisch", Claudia klatschte in die Hände. „Jetzt müssen wir den Rest planen, wir müssen umziehen, damit wir Mona als Sharj ausgeben können. Ja, aber wir müssten sie einweihen, und ob sie da mitspielt?", fragte Claudia.

„Hm, stimmt, das hatte ich gar nicht bedacht, ich würde sagen, wir beginnen mit dem Gift, jeden Tag ein bisschen. Wenn es ihr ganz schlecht geht, ziehen wir um und sie gerät in Vergessenheit. Keiner wird Sharj hier vermissen und wenn sie tot ist, tun wir so, als käme uns die Idee gerade erst, so wird Mona einverstanden sein. Denn sie wird nichts dagegen haben, reich zu sein", schloss Otto seine Überlegungen. Claudia gab ihm einen Kuss und war begeistert, einen so klugen Mann zu haben.

„Lass uns das Flakon in ihrem Zimmer platzieren, am besten vor dem Bild ihrer Eltern", sagte Claudia und lief mit dem Fläschchen in der Hand nach oben.

Amur hatte gerade noch Zeit, sich unter dem Schuhschrank zu verstecken.

Kapitel 37

Kampf mit den Stumps

Ismann, Swap, Osana und Sharj liefen einträchtig durch den Zauberwald. Sharj balancierte den Topf mit der noch warmen Flüssigkeit.

„Los, kommt hier entlang!“, rief Swap und dirigierte die Gruppe ins hohe Gras, „der Eingang zum Tunnel ist hier vorne.“

Blätter und Dickicht verdeckten den Eingang, Swap schob alles beiseite und in geduckter Haltung gingen die vier in den Tunnel.

„Diesen Tunnel habe ich mit meiner Familie gegraben“, verkündete Swap stolz, „hätte nie gedacht, dass ich hier mal mit drei Elfen entlanggehen würde, um einen Drachen zu retten.“

José lag noch immer schmerzgeplagt auf dem Boden; er hörte ein Echo, ein Lachen.

„Sie kommen wieder“, dachte er, „welche Pein sie mir jetzt wohl zufügen werden?“

Die Stimmen kamen immer näher, José hatte furchtbare Angst.

Der Abstieg ging einfacher als gedacht, Sharj

wäre am liebsten nach unten geflogen, doch da Swap und Ismann nicht fliegen konnten, unterließ sie es. Außerdem wusste sie nicht, ob dort unten irgendwelche Gefahren drohten. Allerdings konnte sie auch nichts hören oder sehen, was auf José hindeutete. Sie konnte nur hoffen, dass sie nicht zu spät kamen. Den Topf balancierte sie immer noch mit beiden Händen und sie hatte Mühe, sich auf dem dunklem Pfad zurechtzufinden. Sie konnte Swap kaum erkennen, der sicher vor ihnen herging.

„Wir sind bald unten“, flüsterte Swap, „macht langsam und seid vorsichtig! Ihr müsst vorne auf das Plateau springen und dann rechts an der Wand entlang, dann kommt ihr zu dem Verlies, in dem der Drache ist.“

Die drei folgten Swap über das Plateau und gingen vorsichtig den Weg an der Wand entlang. Sharj, deren Augen sich inzwischen an die Dunkelheit gewöhnt hatten, sah ihn als Erste. Sie vergaß alle Vorsicht, rannte los und rief „José, José, ich bin da!“

Josés müde Drachenaugen nahmen eine Bewegung wahr und er hörte Sharjs Stimme.

„Wahrscheinlich sterbe ich gerade“, dachte er. Doch als Sharj leibhaftig vor ihm stand, da wusste er, dass er noch lebte. Sie lief um ihn herum.

„Du bist schwer verletzt“, stellte sie fest, „jetzt müssen wir diese Ferranium-Paste benutzen.“

Alle tauchten ihre Hände in den Topf, den Sharj mittlerweile abgestellt hatte, und begannen in kreisenden Bewegungen José einzureiben.

José war von einer wohligen Wärme erfüllt, und er fühlte sich auch nicht mehr krank – nein, er fühlte sich stark und gesund. Er genoss diese Behandlung, als Sharj sich an ihn wandte.

„José, hast du hier etwas gefunden, irgendetwas?“

„Nein“, erwiderte er, „ach doch, ja, ich habe da etwas. Moment, es ist in meinem Mund.“

José riss sein riesiges Drachenmaul auf und beförderte mit der Zunge einen großen Amethyst heraus. Der Amethyst hatte die Form einer Schale.

„Das ist es, Freunde, seht!“, rief Sharj auf-

geregt, „das ist das andere Teil, von dem das Orakel sprach.“
Die anderen schauten erstaunt und sahen zu, wie Sharj die Phiole aus ihrem Kleid hervorholte und die Flüssigkeit in den Amethyst goss, sie wollte grade die magischen Worte aussprechen, als sie Stimmen hörten. Und alle wussten, das bedeutete nichts Gutes.
„Los, schnell hinter den Drachen!“, rief Ismann. Die Tür wurde aufgestoßen und es kamen sechs hässliche Stumps herein.
„Na, Drachenvieh, jetzt geht es dir an den Kragen“, rief Stek.
„Oh ja“, sagte Evik, „wir holen uns jetzt deinen Kopf.“
Die anderen lachten zu der letzten Bemerkung. Sie hatten Messer und begannen José zu umkreisen. Doch da hörten sie plötzlich ein lautes „Jetzt!“, und die drei Elfen und der Lamere warfen ihre Speere. Drei Stumps gingen zu Boden, drei waren noch da und schauen verdattert. Dann ging Osana mit Gebrüll auf Evik los und verletzte ihn mit ihrem Messer am rechten Oberschenkel. Dank der Löffelblumentinktur ging Evik

schnell zu Boden. Blieben noch zwei.
„Die hole ich mir“, dachte José, und mit einem Ruck riss er die Ketten aus dem Boden und stellte sich schützend vor seine Freunde. Seine Haut war wie aus Eisen und glänzte gefährlich, die beiden Stumps schauten sich an und rannten, was das Zeug hielt.
„So, und jetzt bringen wir das zu Ende, wozu wir überhaupt hier sind“, sagte José.
Die Flüssigkeit in dem Amethyst brodelte. Sharj und José berührten ihre Talismane und sagten unisono die magischen Worte: „Tnemo aqua vitalia.“ Der Stein an der Kette färbte sich rot und plötzlich spürten sie wieder einen Luftzug. Diesmal viel stärker als vorher, es war, als ob ein riesiger Staubsauger im Einsatz wäre. Plötzlich war es ganz still und dunkel, als hätte jemand die Zeit angehalten. José, Sharj, Ismann, Swap und Osana schwebten allesamt in einem Raum und kamen ganz langsam auf dem Boden zu stehen.
„Wo sind wir jetzt?“, fragte Osana ängstlich.
„Ich glaube, im Palast des Königs Sloma“, antwortete Sharj.

Kapitel 38

Amurs letzte Tat

Claudia lief enthusiastisch in Sharjs Zimmer und stellte das Flakon vor das Bild von Sharjs Eltern. Zufrieden schaute sie sich ihr Werk an und lief wieder nach unten zu ihrem geliebten Ehemann. Amur spürte, dass sein Amulett sich veränderte, es wurde violett. Das bedeutete: Er hatte in der hiesigen Welt nur noch zwei Minuten, um zurückzukehren. Verdammt, er musste etwas unternehmen!

Er sah, dass Claudia nach unten lief, erfasste die Gelegenheit und lief in Sharjs Zimmer. Er fand die kleine Glasflasche ziemlich schnell und überlegte fieberhaft, was er tun konnte. Er entschloss sich schließlich, den Inhalt auszuleeren und durch Wasser zu ersetzen. Er brauchte eine ganze Weile, um das Fläschchen zu öffnen, doch mit viel Kraftaufwand und seinen starken Hasenzähnen gelang es schließlich. Er lief zum Bad und schüttete das Gift in die Toilette, drehte den Wasserhahn auf, füllte Leitungswasser in das Flakon und verschloss es wieder sorgfältig.

Ganz vorsichtig und auf ganz leisen Pfötchen hoppelte er zurück ins Zimmer von Sharj und stellte das Flakon wieder an die Stelle, wo Claudia es zuvor hingestellt hatte. „Das ist das Einzige, was ich für dich tun konnte, liebe Sharj“, dachte er und suchte sich einen Weg nach unten. Er musste ganz schnell raus aus dem Haus! Doch alle Türen oder Fenster, die ihm eine einfache Flucht ermöglicht hätten, waren verschlossen.

Der Schlüssel!, fiel ihm ein. Er nahm den Schlüssel, der ihm passend schien, zwischen die Zähne und setzte zum Sprung an, als er das Klackern von Absätzen hörte. Claudia kam in den Flur, sie ging in die Küche und kam mit einer großen Flasche Champagner wieder heraus; von dem Hasen nahm sie keine Notiz. Kaum war sie wieder im Wohnzimmer, setzte Amur erneut zum Sprung an, aber er verfehlte das Schloss. Oje, dachte er, mir läuft die Zeit weg! Er spürte, dass sein Amulett nicht mehr so intensiv leuchtete. Und noch einmal sprang er. Diesmal klappte es, der Schlüssel traf das Schloss. Amur

drehte den Schlüssel mit seinem ganzen Körper nach links und die Tür sprang auf. Mit einem Satz hechtete Amur die Treppen herunter und sagte die magische Zauberformel. In der Hoffnung, dass es noch nicht zu spät wäre.
Claudia und Otto hörten ein Poltern, Otto bewegte sich als Erster und bemerkte, dass die Haustür offen stand und sein verlorener Schlüssel darin steckte. Verwundert nahm er ihn an sich. Ein ungutes Gefühl beschlich ihn. Er ging nach draußen und schaute sich um, erleichtert kam er zurück, sperrte die Tür hinter sich ab und ging in Sharjs Zimmer. Dort stand noch immer das Flakon. Zufrieden ging er nach unten, um mit seiner Claudia ihren Triumph zu feiern.

Während Otto und Claudia in trauter Zweisamkeit Champagner schlürften, wurde Amur von einem magischen Sog erfasst, der ihn in seine Welt zog.

Kapitel 39

Das Wasser des Lebens

Eine Tür öffnete sich und ein Priester trat hindurch. Er schaute auf die kleine Gruppe von drei Elfen und einem Lamere. Verwundert hob er die Augenbrauen.

„Was habt Ihr hier zu suchen, Lamere?"

Sharj stellte sich schützend vor Swap und antwortete: „Er ist unser Freund und er hat uns geholfen, ohne ihn hätten wir nicht das Wasser des Lebens", und sie deutete auf das Gefäß, welches sie in den Händen hielt.

Der Priester hob um Entschuldigung bittend die Hand, nickte Swap anerkennend zu und sagte: „Ihr müsst Großes vollbracht haben, dass Ihr hier inmitten der Elfen seid! – Bitte folgt mir, dem König geht es sehr, sehr schlecht."

Schnellen Schrittes gingen sie durch den langen und breiten Flur des Palastes. Sie kamen an prunkvollen Gemälden und Statuen vorbei. Doch keiner nahm sich die Zeit, die Kunstwerke zu bewundern. Vor einer großen, doppelflügeligen goldenen Tür blieben

sie stehen. Davor standen zwei Wachmänner; als diese die Gruppe kommen sahen, öffneten sie die schwere Türe und die Gruppe trat ein.
Ein großes Bett befand sich auf einem Podest; um das Bett herum standen mehrere Priester. Das Zimmer war sonst sehr spartanisch eingerichtet. Schien der Palast doch prunkvoll zu sein, so hatte es in dem Gemach des Königs keine wertvollen Gegenstände. Die Priester schauten alle auf das Gefäß, das Sharj in ihren Händen hielt, und traten ehrfürchtig zurück, als Sharj sich dem König näherte.
„Ich bin Ambax", stellte sich ein junger Priester vor. „Und ihr bringt uns das Wasser des Lebens, kommt her."
Er tauchte ein weißes Leinentuch in die Flüssigkeit und benetzte die Lippen des Königs. Alle schauten gespannt und hofften auf ein Wunder.
Doch der König regte sich nicht, es schien, als wäre er schon gestorben. War denn alles umsonst gewesen? Ambax begann zu schluchzen. Sharj stand tief betrübt vor dem Bett

des Königs, den Amethyst mit dem Wasser des Lebens fest an ihre Brust gedrückt, und auch sie begann zu schluchzen. Sie weinte darum, dass alles umsonst gewesen war, dass sie doch nicht helfen konnte. Ihre Tränen ergossen sich wasserfallartig über ihr Gesicht und landeten auf dem Amethyst.

Plötzlich vernahmen alle im Raum ein Zischen und sahen, wie aus dem Amethyst eine Fontäne nach oben schoss, fast wie ein Lichtschwert!

Fasziniert sagte Ambax: „Das ist das Wasser des Lebens."

Und Sharj näherte sich dem toten König, und jetzt benetzte sie seine Lippen. Alle hielten den Atem an. Nichts passierte. Sharj gab den Amethyst betrübt an Ambax weiter und die Gruppe wandte sich zum Gehen, als sie plötzlich ein Husten hörten.

„Er lebt, er lebt!", schrie Ambax und alle stimmten in das Freudengelächter ein. Ambax gab dem König das Wasser direkt aus der Amethystschale zu trinken. Dem König kehrte die Gesichtsfarbe zurück und er setzte sich auf. Sharj sah, dass er eine Würde ausstrahlte, die sie zuvor nur von ihrem Vater gekannt hatte, und sofort schloss sie den König in ihr Herz. Der König betrachtete die Gruppe.

„Ich verdanke euch fünfen mein Leben. Mein Königreich und ich, wir stehen für immer in eurer Schuld."

José fasste sich als Erster und kniete vor dem König nieder, die anderen taten es ihm nach. Der König bedankte sich bei jedem Einzelnen und strich José über die Schulter.

„Für deinen Mut, José, und deine Stärke bedanke ich mich; Osana, du hast einer Fremden geholfen, dafür danke ich dir und auch dir, Ismann, für deinen Mut. Swap, du bist ein Lamere, dir danke ich auch, ich weiß, was es für dich bedeutet hat, den Elfen zu helfen. Sharj, dir zolle ich besonderen Dank, mein Ziehsohn Amur hat sich nicht in euch geirrt. Ich verdanke euch alles, was ich bin, ihr werdet unbeschadet wieder in eure Welt kommen, und ja", fügte er augenzwinkernd hinzu, „pünktlich zum Unterricht. – Und nun zu Euch, Lamere, ich habe mich entschieden, dass Euer Volk wieder hier bei uns leben und handeln darf. Und ihr beiden Elfen helft, das Fest vorzubereiten, wir haben in der Tat etwas zu feiern!"

Jedem der Helden überreichte der König einen goldenen Kompass.

„Der wird euch immer den richtigen Weg weisen."

Osana und Ismann verabschiedeten sich innig von Sharj und José, und auch Swap musste ein paar Tränen verdrücken. Die drei verließen diesen Teil des Palastes, Sharj und José wurden von Ambax in einen anderen Raum geführt. Dort nahm Ambax den beiden ihre Talismane ab, da es nicht erlaubt wäre, diese mit in die andere Welt zu nehmen. Er sagte, sie sollten sich an den Händen halten. Dann begann er, die Zauberformeln zu sprechen, durch die sie wieder in ihre Welt gelangen würden. Und wieder spürten die beiden – nun zum dritten Mal – einen starken Luftzug.

Kapitel 40

Rückkehr

Mit einem Plumps landeten die beiden am Seeufer, genau dort, wo sie den Hasen getroffen hatten. Sie schauten an sich herab. Erleichtert stellten sie fest, dass sie wieder „normal“ waren. Beide hielten den Kompass in der Hand. José strich liebevoll darüber und ließ ihn schließlich in seiner Hosentasche verschwinden.
Sharj betrachtete ihn aufmerksam.
„Weißt du, mein Vater hatte auch so einen Kompass in seinem Flugzeug ...“ Sie merkte, wie sich ein Kloß in ihrem Hals festsetzte.
„Ich werden den Kompass immer in Ehren halten“, sagte sie und dachte an den gütigen König Sloma, dessen Gesicht sie niemals vergessen würde. Sharj füllte die Phiole erneut mit dem Wasser des Sees, und Seite an Seite liefen sie zur Schule. Sie sahen gerade, wie Mona und Tina die Klasse betraten.
„Gut, dann sind wir wohl nicht zu spät“, sagte José und hakte sich bei Sharj unter.

Sie gingen zum Pult von Frau Miller und gaben dort ihre Karte und die Phiole ab. Frau Miller registrierte die Wasserprobe und bat die Kinder, an ihren Platz zu gehen.

Sharj konnte dem Unterricht kaum folgen, immer wieder schaute sie zu José und auch er schaute immer wieder zu ihr. Sharj hatte das Gefühl, als ob sich tausend Schmetterlinge in ihrem Bauch tummelten. Was war das für ein Gefühl? Sie würde doch nicht krank werden? Sie dachte an José und wie stark er in seiner Rüstung gewesen war.

Die Schulglocke riss sie aus ihren Gedanken. Das konnte nur bedeuten, die Schule war vorbei, ihre Blicke suchten nach José. Enttäuscht stellte sie fest, dass er wohl schon ohne sie losgegangen war. Sie griff nach ihrer Tasche – und da stand er vor ihr. Er kam ihr plötzlich so erwachsen vor! „Komm, ich bringe dich nach Hause."

Sie verließen die Schule und Sharj beeilte sich Mona zu sagen, dass sie heute zu Fuß gehen würde, und mit José an ihrer Seite ging sie schweigend die Abkürzung durch den Wald. Keiner der beiden sagte etwas. Sie hatten so vieles gemeinsam erlebt, und doch waren hier in dieser Welt nur einige Stunden vergangen.

Als die Siedlung, in der Sharj wohnte, in Sichtweite war, nahm José sie in die Arme und gab ihr einen Kuss. Es war der erste echte Kuss in ihrem Leben. Die Schmetterlinge in ihrem Bauch fingen wieder an zu flattern. Und währenddessen saß in einer anderen Welt ein König mit seinem Ziehsohn auf einem wunderschön geschmückten Dorfplatz und genoss das Feuerwerk.

Das Feuerwerk war laut, doch die Wutschreie des König Maloc aus dem Dornental konnte selbst dieses Feuerwerk nicht übertönen. Immer wieder drangen zu dem Fest der Elfen Satzfetzen wie „blöde Stumps, nichtsnutzige!“ und „ich will an die Macht!“. Doch die Elfen ließen sich durch nichts aus der Ruhe bringen. Zusammen mit den ersten Lameren, die schon ins Dorf gekommen waren, genossen sie das Fest und tranken alle auf das Wohl des Königs Sloma.

Sharj fiel an diesem Abend müde und verwirrt in den Schlaf und träumte davon, wie sie mit José noch andere fremde Welten erkundete.

Dank

Den größten Dank an euch, liebe Kinder, dass ihr die Geschichte über Sharj und das Wasser des Lebens gelesen habt. Ich hoffe, sie hat euch nicht nur Spaß, sondern auch ein bisschen eure Fantasie beflügelt. Dieses Buch ist der erste Teil der vierteiligen Serie. Dank auch an

… meinen Mann, der sich immer so liebevoll um alles kümmert, wenn ich mal wieder dem Schreibwahn verfalle,

… meiner Mutter Wilma, die nie aufhört, an mich zu glauben,

… meinen beiden Töchtern, Ana und Naiara, für die Ideen und das erlebte,

… meinem Neffen Dennis, der immer zur Seite steht, wenn's am Computer mal wieder hapert,

… meinen Freunden, Bärbel, Peter, Anita, Alfred, Jacqueline und Andy, die immer ein offenes Ohr für mich haben, mir oft mit den alltäglichen Dingen im Leben helfen, und mit Rat und Tat zur Seite stehen,

… den lieben Buchbloggern, die sich immer wieder gerne meine Bücher bestellen,

… Bea, die gerne meine Skripte durchliest und mir Tipps gibt,

… Gabi Haiduk, die in einem Turbotempo meine oft genuschelten Texte tippt,

… dem Illustrator und Freund Rico Kohlstedt.

Über die Autorin

Audrey Harings wurde als einziges Kind ihrer Eltern 1969 in Trier geboren.
Schon mit 11 Jahren rezensierte sie Kinderbücher für das ZDF. Damals gab es bis zu 10 Mark für jedes besprochene Buch. Ihre Eltern waren Sänger und schrieben auch Schlagertexte, wobei Audrey sich schon damals einbrachte. Ihr Vater betreute das Kabelpilotprojekt Ludwigshafen und war Redakteur einer Fernsehsendung. Als Jugendliche schrieb sie Kurzgeschichten für die Schülerzeitung. Auch betreute sie Lesegruppen für ausländische Kinder. 2016 veröffentlichte sie ihr erstes Buch.
Ihre Passion ist es, Kinderbücher für Kinder zu schreiben, und zwar nur für Kinder.

Eine Übersicht ihrer Werke befindet sich im Anhang.

Bisher erschienen

Sharj und das Wasser des Lebens
ISBN-13: 978-3741208614

Sharj und der Feuerkristall
ISBN-13: 978-8494667305

Sharj und das Salz der Erde
ISBN-13: 978-8494667336

CanGu und die Kuchenkrümel
ISBN-13: 978-8494667329
NEU auch als Hörbuch

CanGu auf der Suche nach Saphir
ISBN-13: 978-8494667350
NEU auch als Hörbuch

Die Schlacht der Bücher
ISBN-13: 978-8494667367
NEU auch als Hörbuch

Das wundersame Fräulein Gelblich
ISBN 978-84-946673-8-1

Geplant

Knax der Katastrophenvogel
(2018)

Sharj und die Geister des Windes
(2018)

Gutenachtgeschichten
(2018)

CanGu und die wilden Bienen
(2018)

Das verlorene Buch
(2018)